普通高等教育“十一五”规划教材
PUTONG GAODENG JIAOYU SHIYIWU GUIHUA JIAOCAI （高职高专教育）

GAODENG SHUXUE TONGBU LIANXICE

高等数学同步练习册

主　编　赵　军
副主编　陈　敏　刘祥会
编　写　张明智　刘秀红　张　慧
　　　　文邦云　刘　毅
主　审　王　菊

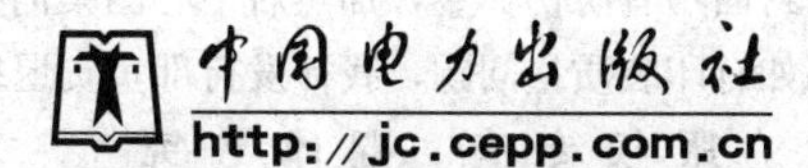

内 容 提 要

本书为普通高等教育“十一五”规划教材（高职高专教育）。主要内容包括极限与连续、导数与微分、导数的应用、不定积分、定积分及其应用、微分方程、级数、拉式变换、行列式和矩阵、概率论初步、向量与复数。本练习册每章每节都由主要内容、例题、练习题三部分组成，以期通过章节的提纲挈领，典型例题的示范，利于学生掌握各知识点的重点、难点；大量新颖的练习题，有助于开阔学生视野，启迪思维，激发学生对高等数学的学习兴趣。

本书可作为高职高专院校工科学生高等数学课程配套教材，也可作为读者学习高等数学的参考用书。

图书在版编目（CIP）数据

高等数学同步练习册/赵军主编．—北京：中国电力出版社，2010.2

普通高等教育“十一五”规划教材．高职高专教育

ISBN 978－7－5123－0000－2

Ⅰ.①高…　Ⅱ.①赵…　Ⅲ.①高等数学－高等学校：技术学校－习题　Ⅳ.①013-44

中国版本图书馆 CIP 数据核字（2010）第 007807 号

中国电力出版社出版、发行

（北京三里河路 6 号　100044　http：//jc. cepp. com. cn）

汇鑫印务有限公司印刷

各地新华书店经售

*

2010 年 2 月第一版　　2010 年 2 月北京第一次印刷

787 毫米×1092 毫米　16 开本　7 印张　162 千字

定价 **12.00** 元

前　言

为贯彻教育部《关于进一步加强高等学校本科教学工作的若干意见》和《教育部关于以就业为导向深化高等职业教育改革的若干意见》的精神，加强教材建设，确保教材质量，中国电力教育协会组织制订了普通高等教育“十一五”教材规划。该规划强调适应不同层次、不同类型院校，满足学科发展和人才培养的需求，坚持专业基础课教材与教学急需的专业教材并重、新编与修订相结合。2008年由中国电力出版社根据“十一五”规划教材的要求，出版发行了高职高专教育的《高等数学》（第二版，张明智主编）教材，为配合该教材的使用和提高学生自主学习的能力，我们编写了此套与教材同步的练习册。

该套练习册根据各工科高职院校的学生对数学学习的需求，为把学生培养成有较强应用能力的高素质人才，配合《高等数学》（第二版，张明智主编）教材的使用，力求深入浅出，淡化理论推导，强化实践能力培养，突出工科类院校学生数学知识为专业实践服务的特点。加强了例题和习题的编写，使教学理论和实际应用结合得更紧密，其目的就是为学生学好专业课程打下坚实的数学基础。

本练习册每章每节都由主要内容、例题、练习题三部分组成，以期通过章节的提纲挈领，典型例题的示范，利于学生掌握各知识的重点、难点；大量新颖的练习题，有助于开阔学生视野，启迪思维，激发学生对数学的学习兴趣。文中“*”的章节表示选学的内容。

微积分是高等数学的重要内容，极限是高等数学的一种重要思维方式，是导数、积分产生的基础；通过对极限、导数、积分的练习，可以掌握它们的基本运算以及在生产实际中的应用；掌握几种常用微分方程的解法，通过求解微分方程解决专业学科的实际问题；通过对行列式和矩阵的练习，有利于学生更好地解决解线性方程组的问题；概率论是研究随机现象规律性的数学学科，应用广泛，它与其他数学分支有着紧密的联系，因此，掌握一些概率论的基本知识是十分必要的；学习拉式变换和级数的基本知识，掌握其数学原理以及在电力系统中的应用，拉式变换是一种解微分方程的简单、有效的方法；相量和复数不仅用于简化计算，而且在电力类专业中有着广泛地应用。

本书由赵军任主编，陈敏、刘祥会任副主编，张明智、刘秀红、张慧、文邦云、刘毅参与编写。

限于编者水平，本书难免存在不妥或疏漏之处，敬请使用本练习册的读者批评指正。

编　者

2010年2月

目　录

第一章　极限与连续

第一节　初等函数

一、主要内容

1. 基本初等函数　2. 复合函数　3. 初等函数

二、例题

【例 1】 设 $f(x-2)=\dfrac{x-1}{x+2}$，求 $f(x)$.

解　令 $x-2=t$，则 $x=t+2$

$$f(t)=\frac{(t+2)-1}{(t+2)+2}=\frac{t+1}{t+4}$$

所以 $f(x)=\dfrac{x+1}{x+4}$.

【例 2】 设 $f(x)=\ln(x+\sqrt{x^2+1})$，证明 $f(x)$ 为奇函数.

证明

$$\begin{aligned}f(-x)&=\ln(-x+\sqrt{x^2+1})\\&=\ln\frac{-x^2+x^2+1}{x+\sqrt{x^2+1}}=-\ln(x+\sqrt{x^2+1})=-f(x)\end{aligned}$$

所以 $f(x)$ 是奇函数.

三、练习题

1. 填空题

(1) $y=\sqrt{1-x}+\sqrt{4-x^2}$的定义域是________.

(2) $y=\arccos\sqrt{\ln(x-1)}$可分解为__________.

(3) 设 $f(x)=\begin{cases}\sin x, & |x|\leqslant 2\\ x, & |x|>2\end{cases}$，则 $f\left(\dfrac{\pi}{2}\right)=$ ________，$f(\pi)=$ ________.

2. 单项选择题

(1) 若 $f(x)=x^2$、$g(x)=e^x$，则 $f[g(x)]$ 等于（　　）.

A. $2e^x$　　B. e^{x+2}　　C. e^{2x}　　D. e^{x^2}

(2) 函数 $y=x\sin x$ 是（　　）.

A. 偶函数　　B. 奇函数

C. 单调函数　　D. 有界函数

(3) 已知图像关于原点对称，则下列关系成立的是（　　）.

A. $f(x)-f(-x)=0$　　B. $f(x)+f(-x)=0$

C. $f(x)+\dfrac{1}{f(x)}=0$　　D. $f(x)-\dfrac{1}{f(x)}=0$

3. 求下列函数的定义域.

(1) $y=\frac{1}{\sqrt{x^2-9}}$;　　(2) $y=\ln(2+x-x^2)$.

4. 作出 $f(x)=\begin{cases} x, & 0\leqslant x\leqslant 1 \\ 2-x, & 1<x\leqslant 2 \end{cases}$ 的图像，求 $f\left(\frac{1}{2}\right)$、$f\left(\frac{3}{2}\right)$、$f(-2)$ 的值，并指出其定义域.

5. 求下列复合函数的分解过程.

(1) $y=\sin\frac{1}{\sqrt{1+x^2}}$;　　(2) $y=\arctan(\sqrt{1-x^2})$.

6. 设 $f(x+1)=x^2+2x+3$，求 $f(x)$、$f(x-1)$.

第二节　函数的极限

一、主要内容

1. 数列极限的概念及定义　2. 函数极限的概念及定义

二、练习题

1. 填空题

(1) $\lim\limits_{n\to\infty}\frac{(-1)^n}{n}=$________;　　(2) $\lim\limits_{n\to\infty}\frac{2^n+(-1)^n}{2^n}=$________;

(3) $\lim\limits_{n\to\infty}n\sin\frac{n\pi}{2}=$________;　　(4) $\lim\limits_{n\to\infty}\frac{\cos\frac{n\pi}{2}}{n}=$________;

(5) $\lim\limits_{x\to-1}(3x^2+x+1)=$________;　　(6) $\lim\limits_{x\to0}\tan x=$________;

(7) $\lim\limits_{x\to 1}\ln x=$____________； (8) $\lim\limits_{x\to 0}\dfrac{1}{1+x^2}=$________.

2. 选择题

(1) 下列说法正确的是（ ）.

A. 若 $f(x)$ 在 x_0 点无定义，则 $f(x)$ 在 x_0 点无极限

B. 若 $f(x)$ 在 x_0 点有定义，则 $f(x)$ 在 x_0 点有极限

C. 若 $f(x)$ 在 x_0 点无定义，但 $f(x)$ 在 x_0 点可能有极限

D. 若 $f(x)$ 在 x_0 点无极限，则 $f(x)$ 在 x_0 点一定无定义

(2) $f(x_0-0)=f(x_0+0)$ 是 $\lim\limits_{x\to x_0}f(x)$ 存在的（ ）.

A. 充分条件，但不是必要条件

B. 必要条件，但不是充分条件

C. 充分必要条件

D. 既不是充分条件，也不是必要条件

(3) 下列数列中，收敛的是（ ）.

A. $u_n=(-1)^n\dfrac{n-1}{n}$ B. $u_n=\dfrac{n}{n+1}$ C. $u_n=\sin\dfrac{n\pi}{2}$ D. $u_n=n-(-1)^n$

(4) $\lim\limits_{x\to 1}\dfrac{|x-1|}{x-1}=$（ ）.

A. -1 B. 0 C. 1 D. 不存在

3. 作出 $f(x)=\begin{cases}\dfrac{-1}{x-1}, & x<0\\ 0, & x=0\\ x, & 0<x<1\\ 1, & 1\leqslant x<2\end{cases}$ 的图像，求 $f(x)$ 在 $x\to 0$ 及 $x\to 1$ 时的左极限与右极限，并说明在这两点的极限是否存在.

第三节 无穷小与无穷大

一、主要内容

1. 无穷小与无穷大的概念 2. 无穷小的性质 3. 无穷小与无穷大的关系

二、例题

【例】 求 $\lim\limits_{x\to 0}x\sin\dfrac{1}{x}$

解 因为 $\lim\limits_{x\to 0}x=0$，$\left|\sin\dfrac{1}{x}\right|\leqslant 1$

所以 $\lim\limits_{x\to 0}x\sin\dfrac{1}{x}=0$.

三、练习题

1. 填空题

指出下列量哪些是无穷小？哪些是无穷大？

(1) 当 $x\to 3$ 时，$\frac{1+x}{x^2-9}$是________；(2) 当 $x\to 0$ 时，$2^{-x}-1$ 是________；

(3) 当 $x\to 0^+$时，$\ln x$ 是________；(4) 当 $x\to 0^+$时，$10^{\frac{1}{x}}$是________；

(5) 当 $x\to 0^-$时，$10^{\frac{1}{x}}$是________；(6) 当 $x\to\infty$时，$1-10^{\frac{1}{x}}$是________.

2. 单项选择题

(1) 当 $x\to 0$ 时，$\sin\frac{1}{x}$是（　　）.

A. 无穷小量　　B. 无穷大量　　C. 有界量　　D. 无界量

(2) 当 $x\to 0$ 时，变量（　　）是无穷小量.

A. $\frac{1}{x}\cos\frac{1}{x}$　　B. $1-\sin x$　　C. $x\sin\frac{1}{x}$　　D. $\ln|x|$

3. 求下列极限.

(1) $\lim\limits_{x\to\infty}\frac{\arctan x}{x}$；　　(2) $\lim\limits_{x\to 0}x\left(1-\sin\frac{1}{x}\right)$.

第四节　函数极限的运算

一、主要内容

1. 极限的四则运算法则　2. 各种极限的求法　3. 两个重要极限　4. 无穷小阶的比较

二、例题

【例 1】 求$\lim\limits_{x\to 2}\frac{\sqrt{x+2}-2}{\sqrt{x+7}-3}$.

解 这是$\frac{0}{0}$型，分子、分母同时有理化.

$$原式=\lim_{x\to 2}\frac{(\sqrt{x+2}-2)(\sqrt{x+2}+2)(\sqrt{x+7}+3)}{(\sqrt{x-7}-3)(\sqrt{x-7}+3)(\sqrt{x+2}+2)}$$

$$=\lim_{x\to 2}\frac{(x-2)(\sqrt{x+7}+3)}{(x-2)(\sqrt{x+2}+2)}$$

$$=\lim_{x\to 2}\frac{\sqrt{x+7}+3}{\sqrt{x+2}+2}=\frac{3}{2}.$$

【例 2】 求$\lim\limits_{x\to 1}\left(\frac{1}{x-1}-\frac{2}{x^2-1}\right)$.

解 这是“$\infty-\infty$”型，不能直接用极限运算法则，一般先通分.

原式$=\lim\limits_{x\to 1}\dfrac{x+1-2}{x^2-1}=\lim\limits_{x\to 1}\dfrac{x-1}{x^2-1}=\lim\limits_{x\to 1}\dfrac{1}{x+1}=\dfrac{1}{2}$.

三、练习题

1. 填空题

（1）$\lim\limits_{x\to 6}\dfrac{(x-2)^2}{\sqrt{x+3}}=$________.（2）$\lim\limits_{x\to 1}\dfrac{x}{x-1}=$________.

（3）$\lim\limits_{x\to\infty}\left(\dfrac{2x^2+5}{x-1}+ax+b\right)=3$，则 $a=$________、$b=$________.

（4）设 $f(x)=\sqrt[x]{1-2x}$，则$\lim\limits_{x\to\infty}f(x)=$________.

（5）当 $x\to 0$ 时，无穷小 $1-\cos x$ 与 mx^n 等价，则 $m=$________、$n=$________.

2. 单项选择题

（1）$\lim\limits_{\Delta x\to 0}\dfrac{\sqrt{x+\Delta x}-\sqrt{x}}{\Delta x}=$（　　）.

A. $\dfrac{1}{2\sqrt{x}}$　　B. 0　　C. $2\sqrt{x}$　　D. 不存在

（2）若有$\lim\limits_{x\to 3}\dfrac{x^2+ax+b}{x^2-2x-3}=5$，则（　　）.

A. $a=14$，$b=51$　　B. $a=14$，$b=-51$

C. $a=-14$，$b=51$　　D. $a=-14$，$b=-51$

（3）已知$\lim\limits_{x\to 0}\dfrac{x}{f(3x)}=\dfrac{2}{3}$，则$\lim\limits_{x\to 0}\dfrac{f(5x)}{x}=$（　　）.

A. $\dfrac{5}{9}$　　B. $\dfrac{5}{6}$　　C. $\dfrac{5}{3}$　　D. $\dfrac{5}{2}$

（4）设 $f(x)=1-x$，$g(x)=1-\sqrt[3]{x}$，当 $x\to 1$ 时，则（　　）.

A. $f(x)$ 与 $g(x)$ 为同阶无穷小　　B. $f(x)$ 与 $g(x)$ 为等价无穷小

C. $f(x)$ 是 $g(x)$ 较高价的无穷小　　D. $f(x)$ 是 $g(x)$ 较低阶的无穷小

3. 求下列极限.

（1）$\lim\limits_{x\to 0}\left(\dfrac{x^3-3x+1}{x-4}+1\right)$；　　（2）$\lim\limits_{x\to 1}\dfrac{x^2+x+\ln x}{x+1}$；

（3）$\lim\limits_{x\to -3}\dfrac{x^2+x-6}{x+3}$；　　（4）$\lim\limits_{x\to 1}\dfrac{x^2-3x+2}{x^3-1}$；

(5) $\lim\limits_{x\to 0}\dfrac{\sqrt{1+x}-1}{x}$；

(6) $\lim\limits_{x\to -8}\dfrac{\sqrt{1-x}-3}{2+\sqrt[3]{x}}$；

(7) $\lim\limits_{x\to\infty}\dfrac{3n^2-n+1}{2n^2+10n+5}$；

(8) $\lim\limits_{x\to+\infty}\dfrac{x+1}{\sqrt{x^2+x+1}-1}$；

(9) $\lim\limits_{x\to\infty}\left(\dfrac{x^3}{2x^2-1}-\dfrac{x^2}{2x+1}\right)$；

(10) $\lim\limits_{x\to+\infty}(\sqrt{x^2+x+1}-\sqrt{x^2-x-1})$.

4. 求下列极限.

(1) $\lim\limits_{x\to 0}\dfrac{\sin 5x}{\sin 3x}$；

(2) $\lim\limits_{x\to 0^+}\dfrac{x}{\sqrt{1-\cos x}}$；

(3) $\lim\limits_{x\to 0}(1-x)^{\frac{2}{x}}$；

(4) $\lim\limits_{n\to\infty}\left(\dfrac{n}{1+n}\right)^n$.

第五节 函数的连续性

一、主要内容

1. 增量的概念 2. 函数连续定义 3. 函数的间断 4. 闭区间上连续函数的性质

二、例题

【例】 证明函数 $y=\sin x$ 在定义域内连续.

证明 任取 $x_0\in(-\infty,+\infty)$，则

$$\Delta y=f(x_0+\Delta x)-f(x_0)=\sin(x_0+\Delta x)-\sin x_0$$
$$=2\cos\left(x_0+\frac{\Delta x}{2}\right)\sin\frac{\Delta x}{2}$$

$$\lim_{\Delta x\to 0}\Delta y=\lim_{\Delta x\to 0}2\cos\left(x_0+\frac{\Delta x}{2}\right)\sin\frac{\Delta x}{2}=\lim_{\Delta x\to 0}\Delta x\cdot\cos\left(x_0+\frac{\Delta x}{2}\right)=0$$

所以，函数 $y=\sin x$ 在定义域内连续.

三、练习题

1. 填空题

(1) 函数 $y=x\sin\dfrac{1}{x}$ 的间断点是__________.

(2) 函数 $y=\dfrac{1}{\ln x}$ 的间断点是__________.

(3) 函数 $f(x)=\begin{cases}\dfrac{1}{x}, & x<0\\ x+1, & x\geqslant 0\end{cases}$ 的连续区间是__________.

(4) 设函数 $f(x)=\begin{cases}e^x, & x<0\\ x+a, & x\geqslant 0\end{cases}$ 在 $x=0$ 处连续，则 $a=$__________.

2. 单项选择题

(1) 函数在某点处有极限是函数在该点连续的（　　）.

A. 充分条件　　B. 必要条件　　C. 充分必要条件　　D. 以上均不是

(2) 如果函数 $f(x)$ 在 $x=x_0$ 处间断，则 $\lim\limits_{x\to x_0}f(x)$（　　）.

A. 必存在　　B. 必不存在　　C. 可能存在　　D. 以上均不是

3. 设 $f(x)=x^3$，求极限 $\lim\limits_{\Delta x\to 0}\dfrac{f(\Delta x+x_0)-f(x_0)}{\Delta x}$.

4. 下列函数在指定点是否连续？

(1) $f(x)=\begin{cases}e^x, & -1\leqslant x<0\\ x+2, & 0\leqslant x\leqslant 1\end{cases}$，在 $x=0$ 点.

(2) $f(x)=\begin{cases}\ln x, & 0<x<e\\ \dfrac{x}{e}, & e\leqslant x\leqslant 5\end{cases}$，在 $x=e$ 点.

5. 求下列极限.

(1) $\lim\limits_{x\to 1}(e^{-x}+3x-\sin x)$；

(2) $\lim\limits_{x\to \frac{\pi}{2}}\dfrac{e^{x}}{\sin x}\ln x$；

(3) $\lim\limits_{x\to 0}\sqrt{(1+2x)^{\frac{1}{x}}}$；

(4) $\lim\limits_{x\to 0}\arctan\left[\dfrac{\ln(1+\sqrt{3}x)}{x}\right]$.

6. 求下列函数的连续区间.

(1) $f(x)=\dfrac{1}{x^{2}-1}$；

(2) $f(x)=e^{\frac{1}{x}}$；

(3) $f(x)=\begin{cases} x^{2}, & 0\leqslant x\leqslant 1 \\ 2-x, & 1<x\leqslant 2 \end{cases}$；

(4) $f(x)=\begin{cases} \dfrac{x^{2}-1}{x-1}, & x\neq 1 \\ 3, & x=1 \end{cases}$.

第二章 导数与微分

第一节 导数的概念

一、主要内容

1. 导数的概念 2. 导数的几何意义 3. 函数可导与连续的关系

二、例题

【例 1】 设 $f(x)=x^2$，求 $f'(x)$，$f'(-1)$，$f'(2)$.

解 由导数定义，有

$$f'(x)=\lim_{\Delta x\to 0}\frac{f(x+\Delta x)-f(x)}{\Delta x}=\lim_{\Delta x\to 0}\frac{(x+\Delta x)^2-x^2}{\Delta x}$$

$$=\lim_{\Delta x\to 0}\frac{\Delta x(2x+\Delta x)}{\Delta x}=2x$$

从而，有

$$f'(-1)=f'(x)\Big|_{x=-1}=2\times(-1)=-2$$

$$f'(2)=f'(x)|_{x=2}=2\times 2=4$$

【例 2】 讨论曲线 $y=x^3$ 在何点处的切线与直线 $y=x$ 平行，并求该切线方程.

解 设曲线 $y=x^3$ 在点（x_0，y_0）处的切线与直线 $y=x$ 平行，由于曲线 $y=x^3$ 在点（x_0，y_0）处的切线斜率为 $y'\Big|_{x=x_0}=3x_0^2$. 欲使两条直线平行，则 $3x_0^2=1$，即 $x_0=\pm\frac{\sqrt{3}}{3}$，$y_0=\pm\frac{\sqrt{3}}{9}$.

所以，曲线在点 $M_1\left(\frac{\sqrt{3}}{3},\frac{\sqrt{3}}{9}\right)$与点 $M_2\left(-\frac{\sqrt{3}}{3},-\frac{\sqrt{3}}{9}\right)$处的切线与已知直线平行.

过点 $M_1\left(\frac{\sqrt{3}}{3},\frac{\sqrt{3}}{9}\right)$的切线方程为 $y-\frac{\sqrt{3}}{9}=x-\frac{\sqrt{3}}{3}$.

过点 $M_2\left(-\frac{\sqrt{3}}{3},-\frac{\sqrt{3}}{9}\right)$的切线方程为 $y+\frac{\sqrt{3}}{9}=x+\frac{\sqrt{3}}{3}$.

三、练习题

1. 单项选择题

(1) $y=f(x)$ 在点 x_0 处可导且 $f'(x_0)=1$，则曲线 $y=f(x)$ 在点（x_0，$f(x_0)$）处的切线与 x 轴（ ）.

A. 平行 B. 垂直 C. 夹角是锐角 D. 夹角是钝角

(2) $f(x)=|\sin x|$ 在 $x=0$ 处的导数是（ ）.

A. 1 B. -1 C. 0 D. 不存在

(3) 曲线 $y=\ln x$ 在点（ ）处的切线平行于直线 $y=2x-3$.

A. $\left(\frac{1}{2},-\ln 2\right)$ B. $\left(\frac{1}{2},-\ln\frac{1}{2}\right)$

C.（2，ln2） D.（2，－ln2）

（4）假设 $f(x)$ 可导，则 $\lim\limits_{x\to 3}\dfrac{f(x)-f(3)}{3-x}=$（　　）.

A. $f'(x)$ B. $-f'(x)$ C. $f'(3)$ D. $-f'(3)$

（5）$f(x)$ 是可导的奇函数，且 $f'(5)=5$，则 $f'(-5)=$（　　）.

A. －5 B. 5 C. －0.2 D. 0.2

2. 下列各题中假定 $f'(x_0)$ 存在，按照导数的定义观察下列极限，并指出 A 表示什么.

（1）$\lim\limits_{\Delta x\to 0}\dfrac{f(x_0-\Delta x)-f(x_0)}{\Delta x}=A.$

（2）$\lim\limits_{\Delta x\to 0}\dfrac{f(x)}{x}=A$，其中 $f(0)=0$.

（3）$\lim\limits_{\Delta x\to 0}\dfrac{f(x_0-\Delta x)-f(x_0-\Delta x)}{\Delta x}=A.$

3. 求曲线 $y=\sqrt{x}$在点（4，2）处的切线和法线方程.

4. 讨论函数 $f(x)=\begin{cases}x-1,x\leqslant 0\\2x,x>0\end{cases}$，在 $x=0$ 处的连续性与可导性.

5. 设 $f(x)=x^n$，该曲线在点（1，1）的切线与 x 轴交于 ξ，求 $\lim\limits_{n\to+\infty}f(\xi)$.

第二节　函数和、差、积、商的求导法则

一、主要内容

导数的四则运算法则

二、例题

【例】 求函数 $y=\tan x$ 的导数.

解　$y'=\left(\dfrac{\sin x}{\cos x}\right)'=\dfrac{(\sin x)'\cos x-\sin x(\cos x)'}{\cos^2 x}=\dfrac{\sin^2 x+\cos^2 x}{\cos^2 x}$

$=\sec^2 x$

三、练习题

1. 设 $y=x^2\ln x-\dfrac{1}{4}x^4$，求 y'、$y'\big|_{x=e}$.

2. 求下列函数的导数.

（1）$y=x^2+2x^3+4x^4$；　　（2）$y=x^2-2\tan x$；

（3）$y=2^x x^a$；　　（4）$y=\dfrac{x+2}{x-2}$；

(5) $y=x^2\sin x$；

(6) $y=\dfrac{x^2}{\sin x}$；

(7) $y=\dfrac{1}{x}+\dfrac{1}{x^2}+\dfrac{1}{x^3}$；

(8) $y=\dfrac{x+\sin x}{x+\cos x}$；

(9) $y=(e^x+2)x^2$.

3. 求曲线 $y=x\ln x$ 的平行于直线 $2x-2y+3=0$ 的法线方程.

第三节 复合函数、反函数的求导法则

一、主要内容

复合函数、反函数的求导法则

二、例题

【例 1】 求函数 $y=(x^3+2)^5$ 的导数.

解 令 $y=u^5$，$u=x^3+2$ 则

$$y'=(u^5)'(x^3+2)'=5u^4\cdot 3x^2=15x^2(x^3+2)^4.$$

【例 2】 求函数 $y=\ln(x+\sqrt{a^2+x^2})$ 的导数.

解 $$y'=\frac{1}{x+\sqrt{a^2+x^2}}\cdot(x+\sqrt{a^2+x^2})'=\frac{1}{x+\sqrt{a^2+x^2}}\cdot\left(1+\frac{2x}{2\sqrt{a^2+x^2}}\right)$$

$$=\frac{1}{x+\sqrt{a^2+x^2}}\cdot\frac{x+\sqrt{a^2+x^2}}{\sqrt{a^2+x^2}}=\frac{1}{\sqrt{a^2+x^2}}$$

三、练习题

1. 求下列函数的导数.

(1) $y=(x+2)^8$；

(2) $y=\sin(2x+2)$；

(3) $y=\sqrt{1+\ln^2 x}$；

(4) $y=\sqrt{\tan\frac{x}{2}}$；

(5) $y=\sqrt{\cos x^2}$；

(6) $y=\arcsin x^2$；

(7) $y=\log_2(5x+1)$；

(8) $y=\ln\cos x$；

(9) $y=\ln^3 x^2$；

(10) $y=e^{\sin^3 x}$；

(11) $y=\ln[\ln(\ln t)]$；

(12) $y=x^2(x+2)^8$；

(13) $y=\sqrt{x}\arctan x$； (14) $y=e^{2x}\sin 2x$；

(15) $y=x\arccos x-\sqrt{1-x^2}$； (16) $y=\dfrac{\arcsin x}{\sqrt{1-x^2}}$.

2. 求曲线 $y=e^{2x}+x^2$ 上横坐标 $x=0$ 处的法线方程，并求从原点到该法线的距离.

3. 设函数 $f(x)$ 可导，求下列函数的导数$\dfrac{dy}{dx}$：

(1) $y=f(x^2)$； (2) $y=f(\sin x)$； (3) $y=f(\sin^2 x)+f(\cos^2 x)$.

第四节 隐函数的导数、由参数方程确定的函数的导数

一、主要内容

1. 隐函数求导法 2. 对数求导法 3. 参数方程求导法

二、例题

【例 1】 已知方程 $\sin(x^2+y^2)+e^x-xy^2=0$，求$\dfrac{dy}{dx}$，$\left.\dfrac{dy}{dx}\right|_{\substack{x=0\\y=1}}$.

解 对原方程两边同时关于 x 求导，得

$$\cos(x^2+y^2)(2x+2y\cdot y')+e^x-y^2-2xy\cdot y'=0$$

从而，有

$$\frac{dy}{dx}=\frac{-2x\cos(x^2+y^2)-e^x+y^2}{2y\cos(x^2+y^2)-2xy}$$

将 $x=0$，$y=1$ 代入，得

$$\left.\frac{dy}{dx}\right|_{\substack{x=0\\y=1}}=0$$

【例 2】 求 $y=x^x$ 导数，其中 $x>0$.

解 对原方程两边取对数，有 $\ln y = x\ln x$

再对上式两边同时关于 x 求导，有

$$\frac{1}{y}y' = \ln x + x \cdot \frac{1}{x}$$

故

$$y' = x^x(1 + \ln x)$$

【例 3】 求摆线 $\begin{cases} x = a(t - \sin t) \\ y = a(1 - \cos t) \end{cases}$ 在 $t = \pi$ 处的切线斜率.

解 $\dfrac{dy}{dx} = \dfrac{a(1-\cos t)'}{a(t-\sin t)'} = \dfrac{a\sin t}{a(1-\cos t)} = \dfrac{\sin t}{1-\cos t}$

所以在 $t = \pi$ 处的切线斜率为

$$\left.\frac{dy}{dx}\right|_{t=\pi} = \left.\frac{\sin t}{1-\cos t}\right|_{t=\pi} = 0$$

三、练习题

1. 求下列方程所确定的隐函数的导数 $\dfrac{dy}{dx}$.

(1) $x^2 + y^2 = R^2$； (2) $x^2 + xy + y^2 = a^2$；

(3) $x + y = e^{x+y}$； (4) $x + y = \sin y$；

(5) $x\cos y = \sin(x + y)$； (6) $\arctan\dfrac{y}{x} = \ln\sqrt{x^2 + y^2}$.

2. 利用对数求导法求下列函数的导数.

(1) $y = x^{\sqrt{x}}$； (2) $y = (\ln x)^x$；

(3) $y=\sqrt{\dfrac{3x-2}{(5-2x)(x-1)}}$；　　(4) $y=\sqrt[3]{\dfrac{x(x^2+1)}{(x^2-1)^2}}$.

3. 求下列参数方程所确定的函数的导数.

(1) $\begin{cases}x=\sin^2 t\\ y=\cos^2 t\end{cases}$；　　(2) $\begin{cases}x=t\\ y=t^2+1\end{cases}$.

4. 求由$\sqrt[y]{x}=\sqrt[x]{y}$确定的函数在（1，1）处的切线方程.

5. 将水注入深 8m，上顶直径 8m 的正圆锥形容器中，其速率为 $4\text{m}^3/\text{min}$，当水深 5m 时，水表面上升的速度为多少？

第五节　高　阶　导　数

一、主要内容

高阶导数

二、例题

【例】 求 $f(x)=\dfrac{1}{x^2-1}$ 的 n 阶导数.

解　$f(x)=\dfrac{1}{x^2-1}=\dfrac{1}{2}\left(\dfrac{1}{x-1}-\dfrac{1}{x+1}\right)$

先求$\dfrac{1}{x-1}$的 n 阶导数

$$\left(\frac{1}{x-1}\right)'=-\frac{1}{(x-1)^2},\left(\frac{1}{x-1}\right)''=\frac{2}{(x-1)^3},\cdots,\left(\frac{1}{x-1}\right)^{(n)}=(-1)^n\frac{n!}{(x-1)^{n+1}}$$

同理，可得

$$\left(\frac{1}{x+1}\right)^{(n)} = (-1)^n \frac{n!}{(x+1)^{n+1}}$$

所以

$$\left(\frac{1}{x^2-1}\right)^{(n)} = (-1)^n \frac{n!}{2}\left[\frac{1}{(x-1)^{n+1}} - \frac{1}{(x+1)^{n+1}}\right]$$

三、练习题

1. 求下列函数的二阶导数.

(1) $y=x\ln x$；　　(2) $y=\cos x+\tan x$；

(3) $y = x[\sin(\ln x) + \cos(\ln x)]$；　　(4) $xy + e^y = 1$.

2. 已知函数 y 的 $n-2$ 阶导数 $y^{(n-2)}=\frac{x}{\ln x}$，求 y 的 n 阶导数.

3. 已知 $y-xe^y=1$，求 $\left.\frac{d^2y}{dx^2}\right|_{x=0}$.

4. 已知 $y=x^3\ln x$，求 $y^{(4)}$.

第六节 函数的微分

一、主要内容

1. 微分的定义　2. 可导与可微的关系　3. 微分的几何意义　4. 微分法则与微分公式

二、例题

【例 1】 求函数 $y=x^6$ 的微分.

解 $dy=y'dx$，$y'=6x^5$，所以 $dy=6x^5dx$.

【例 2】 求函数 $y=e^{\sin^2 x}$的微分.

解 $dy=e^{\sin^2 x}d\sin^2 x=e^{\sin^2 x}\cdot 2\sin x d\sin x$

$=e^{\sin^2 x}\cdot 2\sin x\cdot \cos x dx=e^{\sin^2 x}\cdot \sin 2x dx$

三、练习题

1. 填空题

(1) d ________ $=xdx$；　(2) d ________ $=\frac{1}{x}dx$；　(3) d ________ $=-\frac{1}{x^2}dx$；

(4) d ________ $=e^{-x}dx$；　(5) d ________ $=\frac{dx}{1+x}$；　(6) d ________ $=\frac{1}{2\sqrt{x}}dx$；

(7) d ________ $=\sin 2x dx$；(8) d ________ $=e^{x^2}dx^2$；

(9) $d(\sin^2 x)=$ ________ $d\sin x=$ ________ dx；

(10) $d\ln(1+x^2)=$ ________ $d(1+x^2)=$ ________ dx；

(11) $d\left(\frac{\sin 2x}{x}\right)=$ ______________ dx.

2. 求下列函数在指定点的微分.

(1) $y=\frac{1}{x}$，$x=\frac{1}{2}$；　(2) $y=\frac{x-1}{x+1}$，$x=1$；

(3) $y=\arcsin\sqrt{x}$，$x=\frac{a^2}{2}(a>0)$.

3. 求下列函数的微分.

(1) $y=x^2-3x+5$；　(2) $y=\arccos\sqrt{x}$；

(3) $y=\sin x+\cos x$；　　(4) $y=xe^{-x}$.

4. 已知 $x^2+\sin y-ye^x=1$，求 dy.

第三章　导 数 的 应 用

第一节　中值定理与洛必达法则

一、主要内容

1. 中值定理　2. 洛必达法则

二、例题

【例 1】 求 $\lim\limits_{x\to+\infty}\dfrac{\ln(1+e^x)}{\sqrt{1+x^2}}$.

解

$$\lim_{x\to+\infty}\frac{\ln(1+e^x)}{\sqrt{1+x^2}}\overset{\frac{\infty}{\infty}}{=}\lim_{x\to+\infty}\frac{\dfrac{e^x}{1+e^x}}{\dfrac{x}{\sqrt{1+x^2}}}=\frac{\lim\limits_{x\to+\infty}\dfrac{e^x}{1+e^x}}{\lim\limits_{x\to+\infty}\dfrac{x}{\sqrt{1+x^2}}}=\frac{\lim\limits_{x\to+\infty}\dfrac{1}{e^{-x}+1}}{\lim\limits_{x\to+\infty}\dfrac{1}{\sqrt{1+\dfrac{1}{x^2}}}}=1$$

【例 2】 求 $\lim\limits_{x\to+\infty}\dfrac{x+\sin x}{x}$.

解 如果用洛必达法则，则

$$\lim_{x\to+\infty}\frac{x+\sin x}{x}=\lim_{x\to+\infty}\frac{1+\cos x}{1}\text{不存在}$$

但

$$\lim_{x\to+\infty}\frac{x+\sin x}{x}=\lim_{x\to+\infty}\frac{1+\dfrac{1}{x}\sin x}{1}=1+\lim_{x\to+\infty}\frac{1}{x}\sin x=1+0=1$$

三、练习题

1. 验证 $F(x)=\ln\sin x$ 在 $\left[\dfrac{\pi}{6},\dfrac{5\pi}{6}\right]$ 上满足罗尔定理的条件，并在 $\left(\dfrac{\pi}{6},\dfrac{5\pi}{6}\right)$ 上找出使 $f'(\xi)=0$ 的 ξ.

2. 利用洛必达法则求极限.

(1) $\lim\limits_{x\to0}\dfrac{\sin5x}{x}$;　　(2) $\lim\limits_{x\to0}\dfrac{x^3+x^2-5x+3}{x^3-4x^2+5x-2}$;

(3) $\lim\limits_{x\to 0}\frac{e^x-e^{-x}}{\sin x}$；

(4) $\lim\limits_{x\to 0}\frac{1-\cos x^2}{x^2\sin x^2}$；

(5) $\lim\limits_{x\to \frac{\pi}{2}}\frac{\ln\sin x}{(\pi-2x)^3}$；

(6) $\lim\limits_{x\to \frac{\pi}{4}}\frac{\tan x-1}{\sin 4x}$；

(7) $\lim\limits_{x\to \frac{\pi}{2}}\frac{\tan 6x}{\tan 2x}$；

(8) $\lim\limits_{x\to 0}\left(\cot x-\frac{1}{x}\right)$；

(9) $\lim\limits_{x\to 0}(1+\sin x)^{\frac{1}{x}}$；

(10) $\lim\limits_{x\to 0^+}\sin x\ln x$.

3. 利用拉格朗日中值定理证明下列不等式.

(1) 若 $x>0$，求证：$\frac{x}{1+x^2}<\arctan x<x$.

(2) 若 $0<b\leqslant a$，求证：$\frac{a-b}{a}\leqslant\ln\frac{a}{b}\leqslant\frac{a-b}{b}$.

第二节 函数的单调性、极值

一、主要内容

1. 利用导数判定函数的单调性 2. 利用导数求函数的极值

二、例题

【例 1】 求函数 $f(x)=\frac{1}{3}x^3-x^2-3x-3$ 的单调区间和极值.

解 函数 $f(x)$ 的定义域为$(-\infty,+\infty)$.

$$f'(x)=x^2-2x-3=(x+1)(x-3)$$

令 $f'(x)=0$，得驻点 $x_1=-1$，$x_2=3$.

x	$(-\infty,-1)$	-1	$(-1,3)$	3	$(3,+\infty)$
$f'(x)$	+	0	−	0	+
$f(x)$	↗	极大值	↘	极小值	↗

因此 $(-\infty,-1)$ 和 $(3,+\infty)$ 是 $f(x)$ 的单调增区间，$(-1,3)$ 是单调减区间，极大值为 $f(-1)=-\frac{4}{3}$，极小值为 $f(3)=-12$.

【例 2】 求函数 $f(x)=x-\frac{3}{2}\sqrt[3]{x^2}$ 的单调区间和极值.

解 $f(x)$ 的定义域为$(-\infty,+\infty)$.

$$f'(x)=1-x^{-\frac{1}{3}}=\frac{\sqrt[3]{x}-1}{\sqrt[3]{x}}$$

令 $f'(x)=0$，得驻点 $x=1$，又当 $x=0$ 时 $f'(x)$ 不存在.

x	$(-\infty,0)$	0	$(0,1)$	1	$(1,+\infty)$
$f'(x)$	+	不存在	−	0	+
$f(x)$	↗	极大值	↘	极小值	↗

因此$(-\infty,0)$和$(1,+\infty)$是 $f(x)$ 的单调增区间，$(0,1)$是单调减区间；极大值为 $f(0)=0$，极小值为 $f(1)=-\frac{1}{2}$.

三、练习题

1. 求下列函数的单调区间.

(1) $f(x)=3x-x^3$； (2) $f(x)=2x^3-3x^2-12x+1$；

(3) $f(x)=\ln(1+x)-x$；　　(4) $f(x)=x-e^{x}$.

2. 求下列函数的极值点和极值.

(1) $f(x)=2x^{3}-6x^{2}-18x+7$；　　(2) $f(x)=\dfrac{x}{\ln x}$；

(3) $f(x)=\dfrac{x^{3}}{(x-1)^{2}}$；　　(4) $f(x)=x-\arctan x$.

第三节 函数的最值及应用

一、主要内容

1. 函数在闭区间上的最值　2. 函数最值的应用

二、例题

【例】 求函数 $f(x)=e^{-x^{2}}$ 在区间上的最值.

(1) $[1,\sqrt{5}]$；　　(2) $(-\infty,+\infty)$.

解 (1) $f'(x)=-2xe^{-x^{2}}<0$，因此 $f(x)$ 在区间 $[1,\sqrt{5}]$ 上单调递减，所以 $f(x)$ 在 $[1,\sqrt{5}]$ 上的最大值为 $f(1)=e^{-1}$，最小值为 $f(\sqrt{5})=e^{-5}$.

(2) 由 $f'(x)=-2xe^{-x^{2}}=0$，得驻点 $x=0$，又 $f''(x)=2(2x^{2}-1)e^{-x^{2}}$，$f''(0)<0$，因此，$f(x)$ 在 $x=0$ 处取得极大值 $f(0)=1$. 所以，$f(x)$ 在 $(-\infty,+\infty)$ 的最大值为 $f(0)=1$，且 $f(x)$ 无最小值.

三、练习题

1. 求下列函数在给定区间上的最大值和最小值.

(1) $y=x^{3}-3x+2$，$[-2,2]$；　　(2) $y=x^{4}-2x^{2}+5$，$[-2,3]$；

(3) $y=x-2\sqrt{x}$，$[0, 4]$；　　(4) $y=\frac{x}{1+x^2}$，$[2, +\infty)$.

2. 在函数 $f(x)=axe^{bx}$ 中选择常数 a、b，使 $f\left(\frac{1}{3}\right)=1$，且使该函数在 $x=\frac{1}{3}$ 处有极大值.

3. 设两数之和为 A，问两数各为多少时，其积最大?

4. 有一矩形纸板的长、宽分别为 16cm 和 10cm，现从矩形的四角截去四个相同的正方形，做成一个无盖的盒子，问小正方形的边长为多少时，盒子的容积最大?

5. 为测得量 A，需做 n 次试验，得到 n 个数 a_1，a_2，…，a_n，现确定一个量 $\bar{x}$，使它到测得的 n 个数值之差的平方和最小，求 $\bar{x}$.

6. 长为 l 铁丝分成两段，一段构成圆形，另一段构成正方形。记圆形的面积 S_1，正方形的面积是 S_2，证明：当 S_1+S_2 最小时，$\frac{S_1}{S_2}=\frac{\pi}{4}$.

第四节　曲线的凹凸性与拐点

一、主要内容

曲线的凹凸性与拐点

二、例题

【例】 求曲线 $y=\sqrt[3]{x}$的凹凸性与拐点.

解　函数在$(-\infty, +\infty)$上连续，当 $x\neq0$ 时

$$y'=\frac{1}{3\sqrt[3]{x^2}},\ y''=-\frac{2}{9x\sqrt[3]{x^2}}$$

当 $x=0$ 时、y'、y''都不存在，故二阶导数在$(-\infty, +\infty)$上不连续，且不具有零点，但在$(-\infty, 0)$上，$y''>0$，曲线是凹的；在$(0, +\infty)$上，$y''<0$，曲线是凸的，因此点 $(0, 0)$ 是曲线的一个拐点.

三、练习题

1. 求下列曲线的凹凸区间与拐点.

（1）$y=x^3-3x^2+2x-1$；

（2）$y=x^4+2x^2-3$；

（3）$y=xe^x$；

（4）$y=\ln(x^2+1)$；

（5）$y=x+\frac{1}{x}(x>0)$；

（6）$y=x\ln x$.

2. 求曲线 $y=3x^4-4x^3+1$ 的单调区间，凹凸区间，极值和拐点.

3. 已知点（1，2）为曲线 $y=ax^3-bx^2$ 的拐点，求 a，b 的值.

4. 试决定 $y=k(x^2-3)^2$ 中 k 的值，使曲线拐点处的法线通过原点.

第五节　曲 率 与 曲 率 圆

一、主要内容

1. 弧长的微分　2. 曲率及其计算公式　3. 曲率圆与曲率半径

二、例题

【例】 求抛物线 $y^2=4x$ 在点（1，2）处的曲率.

解　因为点（1，2）在抛物线的上半支上，故取 $y=2\sqrt{x}$，而

$$y'|_{x=1}=\left.\frac{1}{\sqrt{x}}\right|_{x=1}=1，y''|_{x=1}=\left.\frac{-1}{2x\sqrt{x}}\right|_{x=1}=-\frac{1}{2}$$

所以，抛物线 $y^2=4x$ 在点（1，2）处的曲率为

$$k=\left|\frac{-\frac{1}{2}}{(1+1^2)^{\frac{3}{2}}}\right|=-\frac{1}{4\sqrt{2}}$$

三、练习题

1. 求抛物线 $y=x^2-4x+3$ 在顶点处的曲率及曲率半径.

2. 求下列曲线的弧微分.

(1) $y=x^2+x$；　　(2) $y=2x^2$；

（3）$y=\sin x$；（4）$y=\ln x$.

3. 求曲线 $y=\ln x$ 上曲率为最大的点.

第四章 不 定 积 分

第一节 不定积分的概念

一、主要内容

1. 原函数的概念和不定积分的概念 2. 不定积分的性质

二、例题

【例 1】 求 $\int x^2\mathrm{d}x$.

解 由于 $\left(\frac{x^3}{3}\right)=x^2$，所以 $\frac{x^3}{3}$ 是 x^2 的一个原函数. 因此

$$\int x^3\mathrm{d}x=\frac{x^3}{3}+C$$

【例 2】 设曲线通过点（1，2），且其上任一点处的切线斜率等于这点横坐标的 2 倍，求此曲线的方程.

解 设所求曲线方程为 $y=f(x)$，由题设曲线上任一点（x，y）处的切线斜率为

$$\frac{\mathrm{d}y}{\mathrm{d}x}=2x$$

即 $f(x)$ 是 $2x$ 的原函数，因为 $\int 2x\mathrm{d}x=x^2+C$，故必存在某个常数 C，使 $f(x)=x^2+C$. 因为所求曲线通过点（1，2），故 $2=1^2+C\Rightarrow C=1$. 于是所求曲线方程为 $y=x^2+1$.

三、练习题

1. 选择题

(1) 设 $F(x)$ 是 $f(x)$ 的一个原函数，C 为常数，则（　　）也是 $f(x)$ 的一个原函数.

A. $F(x+C)$　　B. $F(Cx)$　　C. $CF(x)$　　D. $C+F(x)$

(2) 如果 $\int f(x)\mathrm{d}x=x\ln x+C$，则 $f(x)=$（　　）.

A. $\ln x+1$　　B. $\ln x-1$　　C. $x\ln x+x$　　D. $x\ln x-x$

(3) 若 $\int f(x)\mathrm{d}x=\mathrm{e}^x\cos 2x+C$，则 $f(x)=$（　　）.

A. $\mathrm{e}^x\cos 2x$　　B. $\mathrm{e}^x(\cos 2x-2\sin 2x)+C$

C. $\mathrm{e}^x(\cos 2x-2\sin 2x)$　　D. $-\mathrm{e}^x\sin 2x$

(4) 设 $\left(\frac{x}{2}+\frac{\sin 2x}{4}\right)'=f(x)$，则 $\int f(x)\mathrm{d}x=$（　　）.

A. $\frac{1}{2}+\frac{\cos 2x}{2}+C$　　B. $\frac{x}{2}+\frac{\sin 2x}{4}+C$

C. $\frac{x^2}{4}-\frac{\cos 2x}{8}+C$　　D. $\frac{x^2}{4}-\frac{\cos 2x}{4}+C$

(5) 下列等式中，错误的是（　　）.

A. $\left(\int f(x)\mathrm{d}x\right)' = f(x)+C$　　B. $\mathrm{d}\int f(x)\mathrm{d}x = f(x)\mathrm{d}x$

C. $\int F'(x)\mathrm{d}x = F(x)+C$　　D. $\int \mathrm{d}F(x) = F(x)+C$

2. 填空题

(1) $\underline{\qquad\qquad}' = 1, \int \mathrm{d}x = \underline{\qquad\qquad}$；　(2) $\mathrm{d}\,\underline{\qquad\qquad} = 3x^2\mathrm{d}x, \int 3x^2\mathrm{d}x = \underline{\qquad\qquad}$；

(3) $\underline{\qquad\qquad}' = \mathrm{e}^x, \int \mathrm{e}^x\mathrm{d}x = \underline{\qquad\qquad}$；

(4) $\mathrm{d}\,\underline{\qquad\qquad} = \sec^2 x\mathrm{d}x, \int \sec^2 x\mathrm{d}x = \underline{\qquad\qquad}$；

(5) $\mathrm{d}\,\underline{\qquad\qquad} = \sin x\mathrm{d}x, \int \sin x\mathrm{d}x = \underline{\qquad\qquad}$；

(6) $\left(\int \frac{\ln x + x^2}{\mathrm{e}^x}\mathrm{d}x\right)' = \underline{\qquad\qquad\qquad}$.

3. 验证下列等式成立（其中 C 为积分常数）.

(1) $\int (4x^3+3x^2+2x+1)\mathrm{d}x = x^4+x^3+x^2+x+C$；

(2) $\int \cos(4x+3)\mathrm{d}x = \frac{1}{4}\sin(4x+3)+C$；

(3) $\int \mathrm{e}^{3x}\mathrm{d}x = \frac{1}{3}\mathrm{e}^{3x}+C$；

(4) $\int \frac{1}{x+1}\mathrm{d}x = \ln|x+1|+C$.

4. 已知曲线经过点（1，2），且曲线上任一点处的切线斜率 $k=2x^2$，求此曲线方程.

第二节　不定积分的基本公式和运算法则——直接积分法

一、主要内容

1. 不定积分的基本公式　2. 不定积分运算法则　3. 直接积分法

二、例题

【例 1】 求 $\int \sqrt{x}(x^3+3)\mathrm{d}x$.

解　原式 $=\int (x^{\frac{7}{2}}+3x^{\frac{1}{2}})\mathrm{d}x=\int x^{\frac{7}{2}}\mathrm{d}x+3\int x^{\frac{1}{2}}\mathrm{d}x=\frac{2}{9}x^{\frac{9}{2}}+2x^{\frac{3}{2}}+C$

【例 2】 求 $\int \frac{4x^4+2x^2-5}{x}$.

解　原式 $=4\int x^3\mathrm{d}x+2\int x\mathrm{d}x-5\int \frac{1}{x}\mathrm{d}x=x^4+x^2-5\ln|x|+C$

三、练习题

1. $\int 7^x\pi^x\mathrm{d}x$；

2. $\int \sin^2\frac{x}{2}\mathrm{d}x$；

3. $\int x^2\sqrt{x}\mathrm{d}x$；

4. $\int \frac{7+x^2}{1+x^2}\mathrm{d}x$；

5. $\int \frac{x^2}{1+x^2}\mathrm{d}x$；

6. $\int (10^x+\cot^2 x)\mathrm{d}x$；

7. $\int \frac{x^2+\sqrt{x^3}+3}{\sqrt{x}}dx$；

8. $\int (\sec^2 x - 3x^4 + \frac{2}{x})dx$；

9. $\int \sqrt[3]{x}(x^2-5)dx$；

10. $\int \sec x(\sec x - \tan x)dx$；

11. $\int (\tan^2 x - e^x - \frac{3}{x^3} + \ln 4)dx$；

12. $\int \frac{2\times 3^x - 3\times 4^x}{5\times 2^x}dx$；

13. $\int \left(\sin x - 3\sqrt{x} + \frac{2}{x}\right)dx$；

14. $\int \frac{x^2-x+1}{x(x^2+1)}dx$；

15. $\int \frac{x^2+\sqrt{x^3}+3}{\sqrt{x}}dx$；

16. $\int \frac{(x+1)^2}{x(x^2+1)}dx$；

17. $\int \frac{x^3+1}{x+1}dx$；

18. $\int \frac{1+\cos^2 x}{1+\cos 2x}dx$；

19. $\int \frac{1+\sin 2x}{\cos x + \sin x}dx$；

20. $\int \frac{1}{x^2(x^2+1)}dx$.

第三节 换元积分法

一、主要内容

1. 第一类换元积分（凑微分） 2. 第二类换元积分法

二、例题

【例 1】 计算$\int(2x+1)^3\mathrm{d}x$.

解 令$u=2x+1$，则$\mathrm{d}u=\mathrm{d}(2x+1)=2\mathrm{d}x$，$\mathrm{d}x=\dfrac{1}{2}\mathrm{d}u$. 从而有

$$\int(2x+1)^3\mathrm{d}x=\frac{1}{2}\int u^3\mathrm{d}u=\frac{1}{8}u^4+C$$

再将$u=2x+1$代入上式，得

$$\int(2x+1)^3\mathrm{d}x=\frac{1}{8}(2x+1)^4+C$$

【例 2】 求$\int x\sqrt{x^2-3}\mathrm{d}x$.

解 原式$=\dfrac{1}{2}\int\sqrt{x^2-3}\mathrm{d}(x^2-3)=\dfrac{1}{3}(x^2-3)^{\frac{3}{2}}+C$

【例 3】 求不定积分$\int\dfrac{\mathrm{d}x}{\sqrt{x+1}+2}$.

解 令$\sqrt{x+1}=t$，$x=t^2-1$，则$\mathrm{d}x=2t\mathrm{d}t$，代入得

$$\int\frac{\mathrm{d}x}{\sqrt{x+1}+2}=2\int\frac{t\mathrm{d}t}{t+2}=2\int\frac{t+2-2}{t+2}\mathrm{d}t=2\int\mathrm{d}t-4\int\frac{1}{t+2}\mathrm{d}t$$

$$=2t-4\ln|t+1|+C=2\sqrt{x+1}-4\ln\left|\sqrt{x+1}+2\right|+C.$$

【例 4】 求不定积分$\int\dfrac{1}{\sqrt{a^2+x^2}}\mathrm{d}x(a>0)$.

解 令$x=a\tan t\left(-\dfrac{\pi}{2}<t<\dfrac{\pi}{2}\right)$，则$\mathrm{d}x=a\sec^2t\mathrm{d}t$，代入得

$$\int\frac{1}{\sqrt{a^2+x^2}}\mathrm{d}x=\int\frac{a\sec^2t}{\sqrt{(a\tan t)^2+a^2}}\mathrm{d}t=\int\sec t\mathrm{d}t=\ln|\sec t+\tan t|+C_0$$

$$=\ln\left|\sqrt{1+\left(\frac{x}{a}\right)^2}+\frac{x}{a}\right|+C_0=\ln(x+\sqrt{x^2+a^2})+C.（其中 C=C_0-\ln a）$$

三、练习题

1. 计算下列不定积分.

(1) $\int\cos\dfrac{x}{6}\mathrm{d}x$； (2) $\int\mathrm{e}^{x-3}\mathrm{d}x$；

(3) $\int \frac{dx}{3x-2}$;

(4) $\int e^x \sin e^x dx$;

(5) $\int \frac{x}{\sqrt{x^2+4}} dx$;

(6) $\int \frac{\ln^4 x}{x} dx$;

(7) $\int \frac{1}{x^2-4} dx$;

(8) $\int \frac{dx}{36+x^2}$;

(9) $\int \frac{dx}{\sqrt{4-9x^2}}$;

(10) $\int \frac{dx}{e^x+e^{-x}}$;

(11) $\int \frac{2x+3}{x^2+1} dx$;

(12) $\int \frac{e^{\arctan x}}{1+x^2} dx$;

(13) $\int e^{\cos x} \sin x dx$;

(14) $\int x e^{x^2} dx$;

(15) $\int \frac{\cos\sqrt{x}}{\sqrt{x}} dx$;

(16) $\int \frac{1+\ln x}{x} dx$;

(17) $\int \sin^2 x \mathrm{d}x$；

(18) $\int \frac{1}{x^2+2x+2}\mathrm{d}x$；

(19) $\int \cos^2 x \sin^2 x \mathrm{d}x$；

(20) $\int \tan^5 x \sec x \mathrm{d}x$；

(21) $\int \frac{\mathrm{d}x}{x(2+\ln^2 x)}$；

(22) $\int \cos^4 x \mathrm{d}x$.

2. 计算下列不定积分.

(1) $\int \frac{1}{\sqrt{x}(1+\sqrt[3]{x})}\mathrm{d}x$；

(2) $\int \frac{\sqrt{1+x}}{1+\sqrt{1+x}}\mathrm{d}x$；

(3) $\int \sqrt{1+\mathrm{e}^x}\mathrm{d}x$；

(4) $\int \frac{x^2}{\sqrt{4-x^2}}\mathrm{d}x$；

(5) $\int \frac{\mathrm{d}x}{\sqrt{4x^2+9}}$；

(6) $\int \frac{\sqrt{x^2-9}}{x}\mathrm{d}x$.

第四节　分 部 积 分 法

一、主要内容

1. 分部积分公式　2. 分部积分法

二、例题

【例 1】 求$\int x\cos x\mathrm{d}x$.

解　令 $u=x$，$\mathrm{d}v=\cos x\mathrm{d}x$，则 $v=\sin x$，于是

$$\begin{aligned}\int x\cos x\mathrm{d}x&=\int x\mathrm{d}(\sin x)=x\sin x-\int\sin x\mathrm{d}x\\&=x\sin x-(-\cos x)+C=x\sin x+\cos x+C.\end{aligned}$$

【例 2】 $\int x\arctan x\mathrm{d}x$

解　原式$=\int\arctan x\mathrm{d}\left(\frac{1}{2}x^2\right)=\frac{1}{2}x^2\arctan x-\frac{1}{2}\int x^2\mathrm{d}(\arctan x)$

$$\begin{aligned}&=\frac{1}{2}x^2\arctan x-\frac{1}{2}\int x^2\times\frac{1}{1+x^2}\mathrm{d}x=\frac{1}{2}x^2\arctan x-\frac{1}{2}\int\left(1-\frac{1}{1+x^2}\right)\mathrm{d}x\\&=\frac{1}{2}x^2\arctan x-\frac{1}{2}(x-\arctan x)+C.\end{aligned}$$

【例 3】 求$\int \mathrm{e}^x\sin x\mathrm{d}x$.

解　原式$=\int\mathrm{e}^x\mathrm{d}(-\cos x)=-\mathrm{e}^x\cos x+\int\mathrm{e}^x\cos x\mathrm{d}x$

$$\begin{aligned}&=-\mathrm{e}^x\cos x+\int\mathrm{e}^x\mathrm{d}(\sin x)=-\mathrm{e}^x\cos x+\int\mathrm{e}^x\mathrm{d}(\sin x)\\&=-\mathrm{e}^x\cos x+\mathrm{e}^x\sin x-\int\mathrm{e}^x\sin x\mathrm{d}x\end{aligned}$$

由于上式第三项就是所求的积分$\int\mathrm{e}^x\sin x\mathrm{d}x$，把它移到等式左边，得

$$2\int\mathrm{e}^x\sin x\mathrm{d}x=\mathrm{e}^x(\sin x-\cos x)+2C$$

所以
$$\int\mathrm{e}^x\sin x\mathrm{d}x=\frac{1}{2}\mathrm{e}^x(\sin x-\cos x)+C.$$

三、练习题

1. 计算下列不定积分.

(1) $\int x\sin 3x\mathrm{d}x$；　　(2) $\int x\ln 2x\mathrm{d}x$；

(3) $\int x^2 e^{3x} dx$；

(4) $\int x^3 \cos x^2 dx$；

(5) $\int x^3 \arctan x dx$；

(6) $\int x \cos^2 x dx$；

(7) $\int \ln x dx$；

(8) $\int \arcsin x dx$；

(9) $\int e^{-x} \sin 2x dx$；

(10) $\int x \ln(x-1) dx$；

(11) $\int e^x \cos \frac{x}{2} dx$；

(12) $\int x \tan^2 x dx$.

2. 已知 $f(x)$ 的一个原函数是 $(1+\sin x)\ln x$，求 $\int x f'(x) dx$.

第五章　定积分及其应用

第一节　定积分的概念

一、主要内容

1. 定积分的定义　2. 定积分的几何意义

二、例题

【例】 用定积分的几何意义，说明$\int_0^a \sqrt{a^2-x^2}\mathrm{d}x=\frac{1}{4}\pi a^2(a>0)$.

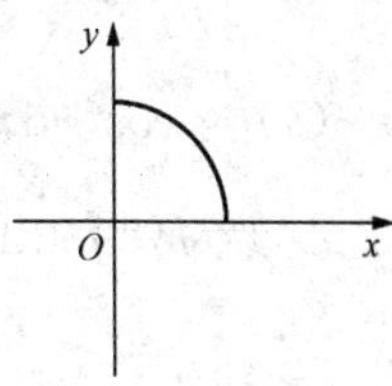

图 5 - 1

解　$y=\sqrt{a^2-x^2}$是上半个圆，$\int_0^a \sqrt{a^2-x^2}\mathrm{d}x$所对应的曲边梯形如图 5 - 1 所示.

这个图形的面积是圆面积的$\frac{1}{4}$，所以$\int_0^a \sqrt{a^2-x^2}\mathrm{d}x=\frac{1}{4}\pi a^2$.

三、练习题

1. 判断题

(1) 定积分与积分变量无关.　(　　)

(2) 定积分$\int_a^b f(x)\mathrm{d}x$是一个特殊和式的极限.　(　　)

(3) 若$f(x)=1$，则$\int_a^b f(x)\mathrm{d}x=b-a$.　(　　)

(4) 初等函数的定积分一定存在.　(　　)

2. 用定积分表示由曲线$y=2x^2$与直线$x=-1$，$x=2$，及x轴所围成的曲边梯形的面积.

3. 用定积分的几何意义，说明下列等式成立.

(1) $\int_0^{2\pi}\sin x\mathrm{d}x=0$；　(2) $\int_0^1\sqrt{1-x^2}\mathrm{d}x=\frac{\pi}{4}$；

(3) $\int_0^2(2x+1)\mathrm{d}x=6$.

第二节　定积分的性质

一、主要内容

定积分的性质

二、例题

【例】 计算函数$y=1+x$在$[0,2]$上的平均值$\overline{y}$.

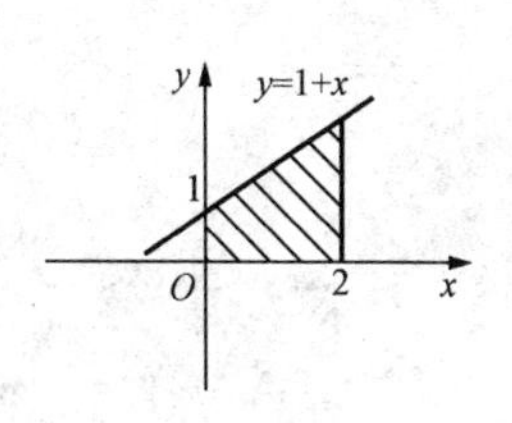

图 5 - 2

解　$\overline{y}=\frac{1}{2-0}\int_0^2(1+x)\mathrm{d}x=\frac{1}{2}\int_0^2(1+x)\mathrm{d}x$.

根据定积分的定义，$\int_0^2(1+x)\mathrm{d}x$就是求图 5 - 2 梯形（阴影部分）的面积.

因此，$\overline{y}=\frac{1}{2}\int_0^2(1+x)\mathrm{d}x=\frac{1}{2}\times\frac{(1+3)}{2}\times 2=2.$

三、练习题

1. 判断题

(1) $\int_1^2 x^2\mathrm{d}x=-\int_2^1 x^2\mathrm{d}x$；（ ）

(2) $\int_0^1\sin x\mathrm{d}x=\int_\pi^{\pi+1}\sin x\mathrm{d}x$；（ ）

(3) $\int_a^b[k_1f_1(x)+k_2f_2(x)]\mathrm{d}x=k_1\int_a^b f_1(x)\mathrm{d}x+k_2\int_a^b f_2(x)\mathrm{d}x$；（ ）

(4) $\int_0^{2\pi}\cos^2x\mathrm{d}x=\int_0^{3\pi}\cos^2x\mathrm{d}x+\int_{3\pi}^{2\pi}\cos^2x\mathrm{d}x.$（ ）

2. 设 $f(x)$ 在区间 $[a,b]$ 上单调递减的有界函数，证明：

$$f(b)(b-a)\leqslant\int_a^b f(x)\mathrm{d}x\leqslant f(a)(b-a).$$

第三节　牛顿—莱布尼茨公式

一、主要内容

1. 积分上限函数　2. 定积分的计算公式

二、例题

【例 1】 已知 $\Phi(x)=\int_a^x\frac{\cos t}{t}\mathrm{d}t$，求 $\Phi'(x)$.

解　$\Phi'(x)=\left(\int_a^x\frac{\cos t}{t}\mathrm{d}t\right)'=\frac{\cos t}{t}.$

【例 2】 计算题

(1) $\int_0^\pi\sin x\mathrm{d}x$；　　(2) $\int_1^2\left(x+\frac{1}{x}\right)^2\mathrm{d}x.$

解　(1) 原式 $=-\cos x\Big|_0^\pi=-(\cos\pi-\cos 0)=2$

(2) 原式 $=\int_1^2\left(x^2+2+\frac{1}{x^2}\right)\mathrm{d}x=\left(\frac{1}{3}x^3+2x-\frac{1}{x}\right)\Big|_1^2=\frac{29}{6}$

三、练习题

1. 计算定积分.

(1) $\int_0^1 a^x\mathrm{d}x(a>0)$；　　(2) $\int_1^4(3x^2-2x+1)\mathrm{d}x$；

(3) $\int_1^4 \sqrt{x}(1+x)\mathrm{d}x$；　　(4) $\int_0^{\sqrt{3}} \frac{1}{1+x^2}\mathrm{d}x$；

(5) $\int_0^{\frac{1}{2}} \frac{1}{\sqrt{4-x^2}}\mathrm{d}x$；　　(6) $\int_{-1}^{1} \frac{3x^2-1}{x^2+1}\mathrm{d}x$；

(7) $\int_0^{2\pi} |\cos x|\mathrm{d}x$；　　(8) $f(x)=\begin{cases}1+x^2 & x\geqslant 1\\ x+1 & x<1\end{cases}$，求 $\int_0^3 f(x)\mathrm{d}x$；

(9) $\int_0^{\frac{\pi}{2}} (2\sin x-\cos x)\mathrm{d}x$；　　(10) $\int_1^2 \frac{2x^2+x+1}{x}\mathrm{d}x$.

2. 求下列函数的导数.

(1) $\Phi(x)=\int_0^x t\sqrt{t^2+1}\mathrm{d}t$；　　(2) $\Phi(x)=\int_x^2 t\sin^2 t\mathrm{d}t$.

第四节　定积分的积分法

一、主要内容

1. 定积分的换元积分法　2. 定积分的分部积分法

二、例题

【例 1】 计算 $\int_0^2 \sqrt{4+6x}\mathrm{d}x$.

解 $\int_0^2 \sqrt{4+6x}\mathrm{d}x=\frac{1}{6}\int_0^2 \sqrt{4+6x}\mathrm{d}(4+6x)=\frac{1}{6}\times\frac{2}{3}(4+6x)^{\frac{3}{2}}\Big|_0^2=\frac{1}{9}(64-8)=\frac{56}{9}.$

【例 2】 计算$\int_0^9 \frac{\sqrt{x}}{1+\sqrt{x}}\mathrm{d}x.$

解 令$\sqrt{x}=t$，则$x=t^2$，$\mathrm{d}x=2t\mathrm{d}t$，当$x=0$时，$t=0$；当$x=9$时，$t=3$.
于是

$$\int_0^9 \frac{\sqrt{x}}{1+\sqrt{x}}\mathrm{d}x=\int_0^3 \frac{t}{1+t}2t\mathrm{d}t=2\int_0^3 \frac{t^2}{1+t}\mathrm{d}t=2\int_0^3 \frac{(t^2-1)+1}{1+t}\mathrm{d}t=2\int_0^3\left(t+1+\frac{1}{1+t}\right)\mathrm{d}t$$

$$=2\left[\frac{1}{2}t^2+t+\ln(t+1)\right]_0^3=15+2\ln4.$$

【例 3】 计算$\int_0^1 x\mathrm{e}^{-x}\mathrm{d}x.$

解 $\int_0^1 x\mathrm{e}^{-x}\mathrm{d}x=-\int_0^1 x\mathrm{d}(\mathrm{e}^{-x})=-\left(x\mathrm{e}^{-x}\Big|_0^1-\int_0^1\mathrm{e}^{-x}\mathrm{d}x\right)=-\mathrm{e}^{-1}-\mathrm{e}^{-x}\Big|_0^1=1-\frac{2}{\mathrm{e}}.$

三、练习题

1. 判断题.

(1) $\int_1^4 \frac{1}{1+\sqrt{x}}\mathrm{d}x=\int_1^2 \frac{2t}{1+t}\mathrm{d}t$； (　　)

(2) $\int_0^{\frac{\pi}{2}} \arcsin x\mathrm{d}x=\frac{\pi}{2}-\int_0^{\frac{\pi}{2}} \frac{1}{\sqrt{1-x^2}}\mathrm{d}x.$ (　　)

2. 计算下列定积分.

(1) $\int_0^{\pi}\sin\left(x+\frac{\pi}{3}\right)\mathrm{d}x$；

(2) $\int_4^9 \frac{\sqrt{x}}{\sqrt{x}-1}\mathrm{d}x$；

(3) $\int_{-2}^2 \frac{x}{\sqrt{5-4x^2}}\mathrm{d}x$；

(4) $\int_1^2 \frac{\mathrm{e}^x}{\mathrm{e}^x+1}\mathrm{d}x$；

(5) $\int_0^2 \frac{1}{(3+5x)^3}\mathrm{d}x$；

(6) $\int_1^{\sqrt{3}} \frac{1}{x^2\sqrt{1+x^2}}\mathrm{d}x$；

(7) $\int_1^e \frac{1}{x\sqrt{1+\ln x}}dx$；

(8) $\int_1^e x\ln x dx$；

(9) $\int_1^e \sin(\ln x)dx$；、

(10) $\int_0^\pi x\sin 2x dx$；

(11) $\int_0^1 xe^{2x}dx$；

(12) $\int_1^{\frac{\pi}{2}} e^{2x}\cos x dx$；

(13) $\int_{-\pi}^{\pi} \frac{x^2\sin x}{1+x^2}dx$；

(14) $\int_{-2}^{2} \frac{x^5+1}{1+x^2}dx$.

3. 计算函数 $y=2x^{-\frac{2}{3}}$ 在区间［1，8］上的平均值.

第五节　广　义　积　分

一、主要内容

1. 广义积分的定义　2. 广义积分的计算

二、例题

【例 1】 计算 $\int_0^{+\infty} e^{-2x}dx$.

解 $\int_0^{+\infty} e^{-x}dx = \lim\limits_{b\to+\infty}\int_0^b e^{-2x}dx = \lim\limits_{b\to+\infty}\left(-\frac{1}{2}e^{-2x}\right)\Big|_0^b = -\frac{1}{2}\lim\limits_{b\to+\infty}(e^{-2b}-1) = \frac{1}{2}$

【例 2】 计算$\int_{2}^{+\infty}\frac{1}{4+x^2}\mathrm{d}x$.

解 $\int_{2}^{+\infty}\frac{1}{4+x^2}\mathrm{d}x=\frac{1}{4}\int_{2}^{+\infty}\frac{1}{1+\frac{x^2}{4}}\mathrm{d}x=\lim\limits_{b\to+\infty}\frac{2}{4}\int_{2}^{b}\frac{1}{1+\frac{x^2}{4}}\mathrm{d}\frac{x}{2}=\frac{1}{2}\lim\limits_{b\to+\infty}\arctan\frac{x}{2}\Big|_{2}^{b}$

$$=\frac{1}{2}\left(\frac{\pi}{2}-\frac{\pi}{4}\right)=\frac{\pi}{8}$$

【例 3】 计算$\int_{0}^{\frac{1}{3}}\frac{\mathrm{d}x}{\sqrt{1-9x^2}}$.

解 因为$\lim\limits_{x\to(\frac{1}{3})^-}\frac{1}{\sqrt{1-9x^2}}=+\infty$，所以积分是广义积分，于是

$$\int_{0}^{\frac{1}{3}}\frac{\mathrm{d}x}{\sqrt{1-9x^2}}=\lim_{\varepsilon\to0^+}\frac{1}{3}\int_{0}^{\frac{1}{3}-\varepsilon}\frac{\mathrm{d}3x}{\sqrt{1-(3x)^2}}=\lim_{\varepsilon\to0^+}\arcsin3x\Big|_{0}^{\frac{1}{3}-\varepsilon}$$

$$=\lim_{\varepsilon\to0^+}[\arcsin(1-3\varepsilon)-0]=\frac{\pi}{2}$$

三、练习题

1. 判断题.

(1) 广义积分$\int_{1}^{+\infty}x^{-2}\mathrm{d}x$收敛. ( )

(2) 广义积分$\int_{0}^{2}\frac{1}{x^3}\mathrm{d}x$收敛. ( )

(3) $\int_{0}^{+\infty}\frac{1}{x^2}\mathrm{d}x=\int_{0}^{1}\frac{1}{x^2}\mathrm{d}x+\int_{1}^{+\infty}\frac{1}{x^2}\mathrm{d}x$. ( )

2. 计算广义积分.

(1) $\int_{1}^{+\infty}\frac{1}{x^3}\mathrm{d}x$；

(2) $\int_{1}^{+\infty}\frac{1}{x^2(x^2+1)}\mathrm{d}x$；

(3) $\int_{0}^{+\infty}\mathrm{e}^{-5x}\mathrm{d}x$；

(4) $\int_{1}^{+\infty}\frac{\mathrm{e}^{\frac{1}{x}}}{x^2}\mathrm{d}x$；

(5) $\int_0^{+\infty} \frac{1}{x^2+4x+5}\mathrm{d}x$；　　(6) $\int_0^4 \frac{1}{\sqrt{16-x^2}}\mathrm{d}x$；

(7) $\int_0^1 \frac{1}{\sqrt{1-x}}\mathrm{d}x$；　　(8) $\int_0^1 \frac{1}{(x-1)^3}\mathrm{d}x$.

第六节　定积分在几何上的应用

一、主要内容

1. 元素法　2. 用元素法求面积　3. 用元素法求体积

二、例题

【例 1】 计算由抛物线 $y=x^2$ 与直线 $2x-y+3=0$ 所围成图形的面积.

解　(1) 如图 5-3 所示，为了定出图形所在的范围，先求出抛物线与直线的交点，解方程组 $\begin{cases} y=x^2 \\ 2x-y+3=0 \end{cases}$，得 $x_1=-1$，$y_1=1$；$x_2=3$，$y_2=9$. 故两交点为 $(-1, 1)$ 及 $(3, 9)$. 取 x 为积分变量，从而知图形在直线 $x=-1$，$x=3$ 之间，即积分区间为 $[-1, 3]$.

(2) 所求面积为

$$A=\int_{-1}^{3}(2x+3-x^2)\mathrm{d}x=\left(x^2+3x-\frac{1}{3}x^3\right)\Big|_{-1}^{3}=\frac{32}{3}$$

【例 2】 求 $y=4-x^2$ 与 x 轴所围成的图形绕 x 轴旋转一周而成的旋转体的体积（如图 5-4 所示）.

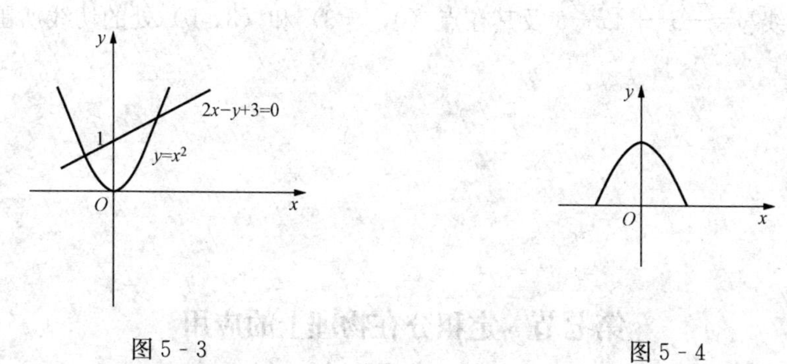

图 5-3　　图 5-4

解　$y=4-x^2$ 与 x 轴的交点为 $(-2, 0)$、$(2, 0)$.

(1) 取 x 为积分变量，积分区间为 $[-2, 2]$.

（2）求体积为

$$V=\int_{-2}^{2}\pi(4-x^2)^2\mathrm{d}x=\pi\int_{-2}^{2}(16-8x^2+x^4)\mathrm{d}x$$

$$=\pi\left(16x-\frac{8}{3}x^3+\frac{1}{5}x^5\right)\Big|_{-2}^{2}=\frac{256}{15}\pi$$

三、练习题

1. 求由下列曲线所围成图形的面积.

（1）$y=4x$ 与 $y=x^3$；

（2）$y=x^2$ 与 $y=(x-2)^2$；

（3）$y=x^3$ 与直线 $y=x$ 及 $y=4x$.

2. 求下列曲线围成的图形绕指定的轴旋转所得旋转体的体积.

（1）$y=3x$，$x=2$，$y=0$，绕 x 轴；

（2）$y=2x^2-32$，$y=0$，绕 x 轴；

（3）$y=x^2$，$y=x$，绕 y 轴；

（4）$x^2+(y-4)^2=16$，绕 x 轴.

3. 求抛物线 $y=-x^2+4x-3$ 及其在点（0，-3）和（3，0）处的切线所围成的图形的面积.

第七节　定积分在物理上的应用

一、主要内容

1. 用元素法求功　2. 用元素法求水压力

二、例题

【例1】 已知弹簧每拉长0.02m要用9.8N的力，求把弹簧每拉长0.2m所做的功.

解 如图5-5所示，拉力F与伸长量x的关系式为

$$F = kx \quad (k\text{ 为常数})$$

当$x=0.02$时，$F=9.8$，有$9.8=k\times 0.02$，得$k=490$.

取x为积分变量，积分区间为$[0, 0.2]$，在$[0, 0.2]$上任取一小区间$[x, x+\mathrm{d}x]$，在这一小区间上，拉力近似看成不变，并用在点x处的力来代替，于是得到它拉伸$\mathrm{d}x$所做功的近似值，即功元素

$$\mathrm{d}W = 490x^2\mathrm{d}x$$

$$W = \int_0^{0.2} 490x^2\mathrm{d}x = \frac{490}{3}x^3\Big|_0^{0.2} = 13.07$$

【例2】 一圆台形容器高为5m，上底圆半径为3m，下底圆半径为2m，试求：将容器内盛满的水全部吸出需做多少功?

解 如图5-6所示建立坐标系．$A(0, 3)$，$B(5, 2)$，直线AB方程为

$$y = -\frac{1}{5}x + 3$$

图5-5　　图5-6

(1) 取x为积分变量，积分区间为$[0, 5]$，任取小区间$[x, x+\mathrm{d}x]$，这一薄层水的重力为

$$\rho g\pi \cdot y^2\mathrm{d}x = 10^3\pi g\left(3-\frac{x}{5}\right)^2\mathrm{d}x \quad \mathrm{N}$$

式中　ρ——水的密度，$\rho=10^3$，kg/m^3；

g——重力加速度.

将这一薄层水距水面的高度看成近似不变，即看成高度为x，于是抽出这一薄层水做功的近似值，即功元素为

$$\mathrm{d}W = 10^3\pi g\left(3-\frac{x}{5}\right)^2 x\mathrm{d}x$$

(2) 抽尽全部的水所做的功为

$$W = \int_0^5 10^3\pi g\left(3-\frac{x}{5}\right)^2 x\mathrm{d}x \approx 2.12\times 10^6(\mathrm{J})$$

【例3】 设一水平放置的水管，其断面是直径为6m的圆，试求：当水呈半满时，水管一端的竖立闸门上所受的水压力.

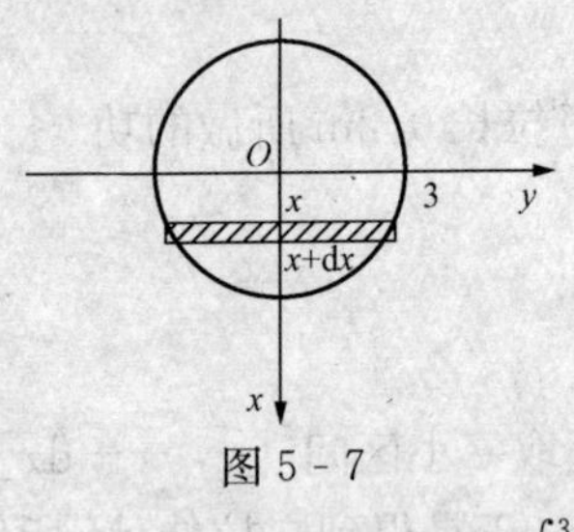

图 5 - 7

解 如图 5 - 7 建立坐标系，圆的方程为 $x^2+y^2=9$.

(1) 取 x 为积分变量，积分区间为 $[0, 3]$，任取小区间 $[x, x+\mathrm{d}x]$，在水下深 xm 压强为 $x\rho g$（小薄片所受压强近似看成不变），因此压力元素为

$$\mathrm{d}F = x\rho g \cdot 2\sqrt{9-x^2}\,\mathrm{d}x$$

(2) 闸门所受水压力为

$$F=\int_0^3 2x\rho g\sqrt{9-x^2}\,\mathrm{d}x=-\int_0^3 \rho g\sqrt{9-x^2}\,\mathrm{d}(9-x^2)$$

$$=\frac{2}{3}\rho g(9-x^2)^{\frac{3}{2}}\Big|_0^3=1.76\times10^5\quad \mathrm{N}$$

三、练习题

1. 由试验知道，弹簧在拉伸过程中，需要的力 F（单位：kg）与伸长量 s（单位：cm）成正比，即 $F=k_1 s$（k_1 是比例系数），如果把弹簧由原长拉伸 6cm，计算所做的功.

2. 设一物体按规律 $x=t^2$ 作直线运动，介质的阻力与速度的平方成正比，求物体由 $x=0$ 移至 $x=a$ 时，克服介质阻力所做的功.

3. 设有一圆台形水池，深 15m，上、下底半径分别为 20m 和 10m，如果将其中盛满的水全部抽尽，需做多少功?

4. 水坝中有一个矩形闸门，宽 20m，高 16m，闸门的上边平行于水面，试求下列情况闸门所受的压力：(1) 闸门的上边与水面平齐时；(2) 水面在闸门的顶上 8m 时.

第六章　微 分 方 程

第一节　微分方程的基本概念

一、主要内容

1. 微分方程的概念.　2. 微分方程的阶、解、通解、特解和初始条件等概念.

二、例题

【例】 验证函数 $y=c_1e^x+c_2e^{-x}$ 是二阶微分方程 $y''-y=0$ 的通解.

解　求出所给函数的一阶及二阶导数

$$y'=c_1e^x-c_2e^{-x},\quad y''=c_1e^x+c_2e^{-x}$$

将 y' 与 y'' 代入原方程，得

$$(c_1e^x+c_2e^{-x})-(c_1e^x+c_2e^{-x})=0$$

这就说明函数 $y=c_1e^x+c_2e^{-x}$ 是该微分方程的解. 又因为这个解中含有两个任意常数，且等于微分方程的阶数，所以 $y=c_1e^x+c_2e^{-x}$ 是该微分方程的通解.

三、练习题

1. 填空题

(1) 通过点（0，1），且切线斜率为 $2x$ 的曲线方程为________.

(2) 微分方程 $3y^2dy+3x^2dx=0$ 的阶是________.

2. 单项选择题

(1) 微分方程 $xyy''+x(y')^3-y^4y'=0$ 的阶数是（　　）.

A. 3　　B. 4　　C. 5　　D. 2

(2) 函数 $y=\cos x$ 是下列哪个微分方程的解（　　）.

A. $y'+y=0$　　B. $y'+2y=0$　　C. $y''+y=0$　　D. $y''+y=\cos x$

(3) 下列函数中，哪个是微分方程 $dy-2xdx=0$ 的解（　　）.

A. $y=2x$　　B. $y=x^2$　　C. $y=-2x$　　D. $y=-x$

3. 验证函数 $y=Ce^{x^2}$ 是一阶微分方程 $y'=2xy$ 的通解.

第二节　可分离变量的微分方程

一、主要内容

1. 可分离变量的微分方程的概念　2. 可分离变量的微分方程的解法

二、例题

【例 1】 求微分方程 $\frac{dy}{dx}=2xy$ 的通解.

解　方程可分离变量为 $\frac{dy}{y}=2xdx$，两边积分得到

$$\int\frac{dy}{y}=\int 2xdx,\ \ln|y|=x^2+c_1$$

从而 $|y|=e^{x^2+c_1}=e^{c_1}e^{x^2}$，即 $y=\pm e^{c_1}e^{x^2}$．令 $c=\pm e^{c_1}$，则原方程的通解为 $y=ce^{x^2}$．以后为了运算方便起见，可把 $\ln|y|$ 写成 $\ln y$.

【例 2】 求微分方程 $yy'+x=0$，满足 $y\Big|_{x=3}=4$ 的特解.

解 方程可分离变量为 $x\mathrm{d}x=-y\mathrm{d}y$，两边积分得到

$$\frac{1}{2}x^2=-\frac{1}{2}y^2+c_1$$

令 $c=2c_1$，则原方程的通解为

$$x^2+y^2=c$$

将初始条件 $y\Big|_{x=3}=4$ 代入 $x^2+y^2=c$ 中，得到 $c=25$，所以原方程的特解为 $x^2+y^2=25$.

三、练习题

1. 填空题

(1) 微分方程 $\dfrac{\mathrm{d}x}{\mathrm{d}y}=2y$ 的通解是________.

(2) 微分方程 $y'+yx^2=0$ 满足初始条件 $y\Big|_{x=0}=1$ 的特解是________.

(3) 微分方程 $y'=\tan x\tan y$ 的通解是________.

2. 单项选择题

(1) 微分方程 $\dfrac{\mathrm{d}x}{y}+\dfrac{\mathrm{d}y}{x}=0$ 满足 $y\Big|_{x=3}=4$ 的特解是（　　）.

A. $x^2+y^2=25$　　B. $3x+4y=C$　　C. $y^2+x^2=C$　　D. $y^2-x^2=7$

(2) 微分方程 $y\ln x\mathrm{d}x=x\ln y\mathrm{d}y$ 满足 $y\Big|_{x=1}=1$ 的特解是（　　）.

A. $\ln^2x+\ln^2y=0$　　B. $\ln^2x+\ln^2y=1$　　C. $\ln^2x=\ln^2y$　　D. $\ln^2x=\ln^2y+1$

(3) 方程 $y'-2y=0$ 的通解是（　　）.

A. $y=\sin x$　　B. $y=4e^{2x}$　　C. $y=Ce^{2x}$　　D. $y=e^x$

3. 求微分方程的通解.

(1) $\dfrac{\mathrm{d}y}{\mathrm{d}x}=2x(1+y)$；

(2) $x(1+y^2)\mathrm{d}x=y(1+x^2)\mathrm{d}y$，$y\Big|_{x=1}=1$；

(3) $(y+3)\mathrm{d}x+\cot x\mathrm{d}y=0$；

(4) $\dfrac{x}{1+y}\mathrm{d}x-\dfrac{y}{1+x}\mathrm{d}y=0$，$y\Big|_{x=0}=1$.

4. 作直线运动物体的速度与物体到原点的距离成正比，已知物体在 10s 时与原点相距 100m，在 20s 时，与原点相距 200m，求物体的运动规律.

5. 在某池塘内养鱼，该池塘最多能养鱼 1000 尾，鱼数 y 是时间 t 的函数 $y=y(t)$，其变化率与鱼数 y 及 $1000-y$ 的乘积成正比，已知在池塘内养鱼 100 尾，3 个月后池塘内有鱼 250 尾. 求放养 6 个月后池塘内鱼数 $y(t)$ 的公式，及放养 6 个月后有鱼多少尾?

第三节 一阶线性微分方程

一、主要内容

1. 一阶线性微分方程的概念 2. 一阶线性微分方程的解法（常数变异法或公式法）

二、例题

【例 1】 求方程 $\frac{\mathrm{d}y}{\mathrm{d}x}-\frac{2y}{x+1}=(x+1)^{\frac{5}{2}}$ 的通解.

解 这是一阶线性非齐次微分方程，先求对应的一阶线性齐次微分方程的通解

$$\frac{\mathrm{d}y}{\mathrm{d}x}-\frac{2y}{x+1}=0,\quad \frac{\mathrm{d}y}{y}=\frac{2\mathrm{d}x}{x+1}$$

积分得

$$\ln y=2\ln(x+1)+\ln c$$
$$y=c(x+1)^2$$

用常数变易法，把 c 换成 $c(x)$，即令

$$y=c(x)(x+1)^2 \tag{*}$$

代入原方程，得 $c'(x)=(x+1)^{\frac{1}{2}}$，两边积分，得

$$c(x)=\frac{2}{3}(x+1)^{\frac{3}{2}}+c \tag{**}$$

再把式（**）代入式（*），即得所求方程的通解为

$$y=(x+1)^2\left[\frac{2}{3}(x+1)^{\frac{3}{2}}+c\right]$$

【例 2】 设有一质量为 m 的质点作直线运动. 从速度等于 0 的时刻起，有一个与运动方向一致、大小与时间成正比（比例系数为 k_1）的力作用于它，此外还受到与速度成正比（比例系数为 k_2）的阻力. 求质点运动的速度与时间的函数关系.

解 建立方程：质点在运动过程中所受的力 $F=k_1t-k_2v$. 由牛顿第二定律知

$$F = ma = m\frac{\mathrm{d}v}{\mathrm{d}t}$$

所以

$$m\frac{\mathrm{d}v}{\mathrm{d}t} = k_1 t - k_2 v$$

即

$$\frac{\mathrm{d}v}{\mathrm{d}t} + \frac{k_2}{m}v = \frac{k_1}{m}t$$

这是一阶线性非齐次微分方程：$p(t) = \frac{k_2}{m}$，$Q(t) = \frac{k_1}{m}t$. 该方程的通解为

$$\begin{aligned} v &= \mathrm{e}^{-\int\frac{k_2}{m}\mathrm{d}t}\left[\int \frac{k_1}{m}t\mathrm{e}^{\int\frac{k_2}{m}\mathrm{d}t}\mathrm{d}t + c\right] = \mathrm{e}^{-\int\frac{k_2}{m}\mathrm{d}t}\left[\int \frac{k_1}{m}t\mathrm{e}^{\frac{k_2}{m}t}\mathrm{d}t + c\right] \\ &= \mathrm{e}^{-\int\frac{k_2}{m}\mathrm{d}t}\left[\int \frac{k_1}{k_2}t\mathrm{d}\mathrm{e}^{\frac{k_2}{m}t} + c\right] = \mathrm{e}^{-\frac{k_2}{m}t}\left[\frac{k_1}{k_2}t\mathrm{e}^{\frac{k_2}{m}t} - \frac{mk_1}{k_2^2}\mathrm{e}^{\frac{k_2}{m}t} + c\right] \\ &= \frac{k_1}{k_2}\left(t - \frac{m}{k_2}\right) + c\mathrm{e}^{-\frac{k_2}{m}t} \end{aligned}$$

将初值条件 $v\Big|_{t=0}=0$ 代入通解中，得 $c=\frac{mk_1}{k_2^2}$，故质点运动的速度与时间 t 的关系为

$$v = \frac{k_1}{k_2}\left(t - \frac{m}{k_2}\right) + \frac{mk_1}{k_2^2}\mathrm{e}^{-\frac{k_2}{m}t}$$

三、练习题

1. 填空题

(1) 微分方程 $y'+\frac{1}{x}y=\frac{\sin x}{x}$ 的通解是________________.

(2) 微分方程 $y'+y=\mathrm{e}^{-x}$ 的通解是________________.

2. 单项选择题

(1) 方程 $xy'+y=3$ 的通解是（　　）.

A. $y=\frac{C}{x}+3$　　B. $y=\frac{3}{x}+C$　　C. $y=-\frac{C}{x}-3$　　D. $y=\frac{C}{x}-3$

(2) 微分方程 $y'-y=1$ 的通解是（　　）.

A. $y=C\mathrm{e}^x$　　B. $y=C\mathrm{e}^x+1$　　C. $y=C\mathrm{e}^x-1$　　D. $y=(C+1)\mathrm{e}^x$

(3) 微分方程 $y'+y=0$ 的解为（　　）.

A. e^x　　B. e^{-x}　　C. $\mathrm{e}^x-\mathrm{e}^{-x}$　　D. $-\mathrm{e}^x$

3. 求微分方程的通解.

(1) $y'-6y=\mathrm{e}^{3x}$；　　(2) $xy'+y=x^2+3x+2$.

4. 求微分方程的特解：$y'-y\tan x=\sec x$，$y\Big|_{x=0}=0$.

5. 求曲线族，使其由横轴、切线及切点和原点连线所成的三角形的面积为 a^2.

第四节 二阶常系数线性齐次微分方程

一、主要内容

1. 二阶常系数线性齐次微分方程的概念 2. 二阶常系数线性齐次微分方程的解法

二、例题

【例 1】 求方程 $y''-3y'+2y=0$ 的通解.

解 方程的特征方程为 $r^2-3r+2=0$，特征根

$$r_1=1,\quad r_2=2$$

所以，原方程的通解为

$$y=C_1\mathrm{e}^x+C_2\mathrm{e}^{2x}$$

【例 2】 求方程 $y''-2y'+5y=0$ 的通解.

解 方程的特征方程为 $r^2-2r+5=0$，特征根

$$r_{1,2}=\frac{2\pm\sqrt{4-20}}{2}=1\pm 2\mathrm{i}$$

所以，原方程的通解为

$$y=\mathrm{e}^x(C_1\cos 2x+C_2\sin 2x)$$

【例 3】 一个单位质量的质点在数轴上运动，开始时质点在原点 O 处且速度为 v_0. 在运动过程中，它受到一个力的作用，这个力的大小与质点到原点的距离成正比（比例系数 $k_1>0$），而方向与初速度一致．又介质的阻力与速度成正比（$k_2>0$），求这个质点的运动规律.

解 由题意知，质点在运动过程中所受的力为

$$F=k_1x-k_2\frac{\mathrm{d}x}{\mathrm{d}t}$$

由牛顿第二定律 $ma=F$. 这里 $m=1$，$a=\dfrac{\mathrm{d}^2x}{\mathrm{d}t^2}$，于是

$$\frac{\mathrm{d}^2x}{\mathrm{d}t^2}+k_2\frac{\mathrm{d}x}{\mathrm{d}t}-k_1x=0$$

这是二阶常系数线性齐次微分方程．特征方程为

$$r^2+k_2r-k_1=0$$

解得，特征根为

$$r_{1,2}=\frac{-k_2\pm\sqrt{k_2^2+4k_1}}{2}$$

通解为

$$x(t)=c_1\exp\left(\frac{-k_2+\sqrt{k_2^2+4k_1}}{2}t\right)+c_2\exp\left(\frac{-k_2-\sqrt{k_2^2+4k_1}}{2}t\right)$$

代入初值条件 $x\Big|_{t=0}=0$，$x'\Big|_{t=0}=v_0$ 得

$$\begin{cases}c_1+c_2=0\\ \dfrac{-k_2+\sqrt{k_2^2+4k_1}}{2}c_1+\dfrac{-k_2-\sqrt{k_2^2-4k_1}}{2}c_2=v_0\end{cases}$$

解得

$$c_1=\frac{v_0}{\sqrt{k_2^2+4k_1}},\quad c_2=\frac{-v_0}{\sqrt{k_2^2+4k_1}}$$

故反映该质点的运动规律的函数为

$$x(t)=\frac{v_0}{\sqrt{k_2^2+4k_1}}\left[\exp\left(\frac{-k_2+\sqrt{k_2^2+4k_1}}{2}t\right)-\exp\left(\frac{-k_2-\sqrt{k_2^2+4k_1}}{2}t\right)\right]$$

三、练习题

1. 填空题

（1）微分方程 $y''+2y'+y=0$ 的通解是________________.

（2）微分方程 $y''+2y'+y=0$ 的通解是________________.

2. 单项选择题

（1）方程 $y''+4y'+3y=0$ 的通解是（　　）.

A. $y=C_1\mathrm{e}^{x}+C_2\mathrm{e}^{3x}$　　B. $y=C_1\mathrm{e}^{-x}+C_2\mathrm{e}^{3x}$

C. $y=C_1\mathrm{e}^{-x}+C_2\mathrm{e}^{-3x}$　　D. $y=C_1\mathrm{e}^{x}+C_2\mathrm{e}^{-3x}$

（2）方程 $2y''-5y'+2y=0$ 的通解是（　　）.

A. $y=C_1\mathrm{e}^{-\frac{x}{2}}+C_2\mathrm{e}^{3x}$　　B. $y=C_1\mathrm{e}^{\frac{x}{2}}+C_2\mathrm{e}^{2x}$

C. $y=C_1\mathrm{e}^{\frac{x}{2}}+C_2\mathrm{e}^{3x}$　　D. $y=C_1\mathrm{e}^{\frac{x}{2}}+C_2\mathrm{e}^{-2x}$

（3）方程 $y''-2y'=0$ 的通解是（　　）.

A. $y=C_1+C_2\mathrm{e}^{2x}$　B. $y=C_1+C_2\mathrm{e}^{3x}$　C. $y=C_1+C_2\mathrm{e}^{-3x}$　D. $y=C_1+C_2\mathrm{e}^{-2x}$

3. 求下列微分方程满足所给初始条件的特解.

（1）$y''-4y'+3y=0$，$y\Big|_{x=0}=6$，$y'\Big|_{x=0}=10$；

(2) $4y''+4y'+y=0$，$y\Big|_{x=0}=2$，$y'\Big|_{x=0}=0$；

(3) $y''-3y'-4y=0$，$y\Big|_{x=0}=0$，$y'\Big|_{x=0}=-5$.

4. 一作直线运动的质点运动的加速度 $a=-2v-5s$，如果该质点以初速度 $v_0=12\mathrm{m/s}$，从原点出发，试求质点的运动方程.

第五节 二阶常系数线性非齐次微分方程

一、主要内容

1. 二阶常系数线性非齐次微分方程的概念 2. 二阶常系数线性非齐次微分方程的解法

二、例题

【例 1】 下列方程具有何种形式的特解？

(1) $y''+5y'+6y=\mathrm{e}^{3x}$； (2) $y''+5y'+6y=3x\mathrm{e}^{-2x}$；

(3) $y''+2y'+y=-(3x^2+1)\mathrm{e}^{-x}$.

解 (1) 因 $\lambda=3$ 不是特征方程 $r^2+5r+6=0$ 的根，故方程具有形如 $\overline{y}=A\mathrm{e}^{3x}$ 的特解；

(2) 因 $\lambda=-2$ 是特征方程 $r^2+5r+6=0$ 的单根. 故方程具有形如 $\overline{y}=x(Ax+B)\mathrm{e}^{-2x}$ 的特解；

(3) 因 $\lambda=-1$ 是特征方程 $r^2+2r+1=0$ 的二重根，所以方程具有形如 $\overline{y}=x^2(Ax^2+Bx+C)\mathrm{e}^{-x}$ 的特解.

【例 2】 一质量为 m 的潜水艇从水面由静止状态开始下沉，所受阻力与下沉速度呈正比（比例系数 $k>0$），求潜水艇下沉深度与时间的函数关系.

解 设下沉深度与时间的函数关系为 $y=y(t)$，潜水艇在下沉过程中受到重力和阻力作用，由牛顿第二定律，得

$$mg-k\frac{\mathrm{d}y}{\mathrm{d}t}=m\frac{\mathrm{d}^2y}{\mathrm{d}t^2}$$

初始条件为 $y(0)=0$，$y'(0)=0$，即

$$y''+\frac{k}{m}y'=g,\quad y(0)=0,\quad y'(0)=0$$

这是二阶常系数线性非齐次微分方程，特征方程为

$$r^2+\frac{k}{m}r=0$$

解得 $r_1=0$，$r_2=-\frac{k}{m}$. 所以对应的齐次方程的通解为 $Y=C_1+C_2e^{-\frac{k}{m}t}$.

又因为 $q=0$，$p=\frac{k}{m}\neq 0$，设 $\bar{y}=At$，将 $\bar{y}'$、$\bar{y}''$ 代入原方程有

$$\frac{kA}{m}=g$$

即 $A=\frac{mg}{k}$，于是 $\bar{y}=\frac{mg}{k}t$ 方程的通解为

$$y=C_1+C_2e^{-\frac{k}{m}t}+\frac{mg}{k}t$$

代入初始条件 $y(0)=0$，将 $y'(0)=0$ 代入 $y'=-\frac{k}{m}C_2e^{-\frac{k}{m}t}+\frac{mg}{k}$，得

$$C_1=-\frac{m^2}{k^2}g,\quad C_2=\frac{m^2}{k^2}g$$

从而 $y(t)=\frac{mgt}{k}-\frac{m^2}{k^2}g(1-e^{-\frac{k}{m}t})$.

三、练习题

1. 填空题

(1) 方程 $2y''+5y'=5x^2-2x-1$ 的特解应设为 $\bar{y}=$________.

(2) 微分方程 $y''+y'-2y=3xe^x$ 的通解是________.

(3) 微分方程 $y''-2y'-3y=(x+1)e^x$ 的通解是________.

2. 单项选择题

(1) 方程 $y''=e^{-x}$ 的通解为 $y=$（　　）.

A. $-e^{-x}$　　B. e^{-x}　　C. $e^{-x}+C_1x+C_2$　　D. $-e^{-x}+C_1x+C_2$

(2) 方程 $y''-4y'+4y=2\cos x$ 的通解为（　　）.

A. $y=C_1e^{2x}+C_2+\frac{6}{25}\cos x+\frac{8}{25}\sin x$　　B. $y=C_1xe^{2x}+C_2+\frac{6}{25}\cos x+\frac{8}{25}\sin x$

C. $y=C_1xe^{2x}+C_2-\frac{6}{25}\cos x+\frac{8}{25}\sin x$　　D. $y=(C_1+C_2x)e^{2x}+\frac{6}{25}\cos x-\frac{8}{25}\sin x$

3. 求微分方程的通解或特解.

(1) $2y''+y'-y=2e^x$；　　(2) $y''-6y'+9y=(x+1)e^{3x}$；

（3）$y''-2y'+5y=e^{x}\cos 2x$；（4）$y''-4y'=5$，$y\big|_{x=0}=1$，$y'\big|_{x=0}=0$.

4. 有一个弹性系数为 200×10^{-5} N/cm 的弹簧，上挂 50g 的物体，一外力 $f(t)=400\cos 4t$ 作用在物体上．假定物体原来在平衡位置，有向上的初速度 2cm/s. 如果阻力忽略不计，求物体在任一时刻 t 的位移 $s(t)$.

第七章　级　　数

第一节　级数的基本概念

一、主要内容

1. 级数的定义　2. 求部分和，判定级数的收敛与发散　3. 级数的性质

二、例题

【例】 级数 $\frac{1}{1\times3}+\frac{1}{3\times5}+\cdots+\frac{1}{(2n-1)(2n+1)}+\cdots$ 是否收敛？若收敛，求其和.

解　由级数的部分和

$$S_n=\frac{1}{1\times3}+\frac{1}{3\times5}+\cdots+\frac{1}{(2n-1)(2n+1)}$$
$$=\frac{1}{2}\left[\left(1-\frac{1}{3}\right)+\left(\frac{1}{3}-\frac{1}{5}\right)+\cdots+\left(\frac{1}{2n-1}-\frac{1}{2n+1}\right)\right]$$
$$=\frac{1}{2}\left(1-\frac{1}{2n+1}\right)$$

知 $\lim\limits_{n\to\infty}S_n=\lim\limits_{n\to\infty}\frac{1}{2}\left(1-\frac{1}{2n-1}\right)=\frac{1}{2}$，故该级数收敛，其和为$\frac{1}{2}$.

三、练习题

1. 填空题

(1) 级数 $1-\frac{1}{2}+\frac{1}{3}-\frac{1}{4}+\cdots$，用$\sum$记号可记为__________.

(2) 若级数 $\sum\limits_{n=1}^{\infty}u_n$ 收敛，则$\lim\limits_{n\to\infty}u_n=$__________.

(3) 级数 $\sum\limits_{n=1}^{\infty}aq^n(a\neq0)$，当__________收敛.

2. 选择题

(1) 级数 $\sum\limits_{n=1}^{\infty}\left(\frac{3}{4}\right)^n$ 的和S为（　　）.

A. 4　　B. 3　　C. $\frac{3}{4}$　　D. $\frac{4}{3}$

(2) 若$\lim\limits_{n\to\infty}u_n=0$，则级数 $\sum\limits_{n=1}^{\infty}u_n$（　　）.

A. 一定收敛且和为0　　B. 一定收敛，和可能为0

C. 一定发散　　D. 可能收敛，也可能发散

3. 判定下列级数的敛散性，若收敛，求其和.

(1) $\frac{1}{2}+\frac{1}{4}+\frac{1}{8}+\frac{1}{16}+\cdots$；　　(2) $1-\frac{4}{5}+\frac{4^2}{5^2}-\frac{4^3}{5^3}+\cdots$；

(3) $\frac{1}{2}+\frac{2}{3}+\frac{3}{4}+\cdots$；

(4) $\sum_{n=1}^{\infty}(\sqrt{n+1}-\sqrt{n})$.

第二节 数项级数的审敛法

一、主要内容

1. 正项级数的比较审敛法 2. 正项级数的比值审敛法 3. 交错级数的审敛法

二、例题

【例】 判定下列级数的敛散性：

(1) $\sum_{n=1}^{\infty}\frac{1}{3^n+2}$；

(2) $\sum_{n=1}^{\infty}\frac{n!}{4^n}$.

解 (1) 因为 $\sum_{n=1}^{\infty}\frac{1}{3^n+2}<\sum_{n=1}^{\infty}\frac{1}{3^n}$ 而级数 $\sum_{n=1}^{\infty}\frac{1}{3^n}$ 是收敛的.

故由比较审敛法知，级数 $\sum_{n=1}^{\infty}\frac{1}{3^n+2}$ 也收敛.

(2) 因为

$$\lim_{n\to\infty}\frac{u_{n+1}}{u_n}=\lim_{n\to\infty}\frac{(n+1)!}{4^{n+1}}\cdot\frac{4^n}{n!}=\lim_{n\to\infty}\frac{n+1}{4}=\infty$$

故由比值审敛法知，级数 $\sum_{n=1}^{\infty}\frac{n!}{4^n}$ 发散.

三、练习题

1. 填空题

(1) 级数 $\sum_{n=1}^{\infty}\frac{1}{n^p}(p>0)$，当__________时收敛.

(2) 级数 $1-\frac{1}{2}+\frac{1}{3}-\frac{1}{4}+\cdots+(-1)^{n-1}\frac{1}{n}+\cdots$ 是__________的.

(3) 对任意项级数，若 $\sum_{n=1}^{\infty}|u_n|$ 收敛，则 $\sum_{n=1}^{\infty}u_n$ 也__________.

2. 判定下列级数的敛散性.

(1) $\sum_{n=1}^{\infty}\frac{1}{(n+1)(n+4)}$；

(2) $\sum_{n=1}^{\infty}\frac{1}{0.4^n+1}$；

(3) $\sum_{n=1}^{\infty}\frac{n^2}{3^n}$；

(4) $\sum_{n=1}^{\infty}\frac{n+1}{n(n+2)}$.

第三节 幂 级 数

一、主要内容

1. 幂级数的定义 2. 幂级数的收敛和发散

二、例题

【例 1】 求幂级数 $x-\frac{x^2}{2}+\frac{x^3}{3}-\cdots+(-1)^{n-1}\frac{x^n}{n}+\cdots$ 的收敛半径和收敛区间.

解 因为 $\rho=\lim\limits_{n\to\infty}\left|\frac{a_{n+1}}{a_n}\right|=\lim\limits_{n\to\infty}\frac{1}{n+1}\cdot\frac{n}{1}=1$，所以收敛半径 $R=\frac{1}{\rho}=1$，而端点 $x=1$ 时，级数为

$$1-\frac{1}{2}+\frac{1}{3}-\cdots+(-1)^{n-1}\frac{1}{n}+\cdots$$

是交错级数，故收敛.

而端点 $x=-1$ 时，级数为

$$-1-\frac{1}{2}-\frac{1}{3}-\cdots$$

是发散的，因此，级数的收敛区间为 $(-1,1]$.

【例 2】 求幂级数 $1+x+\frac{x^2}{2!}+\frac{x^3}{3!}+\cdots+\frac{x^n}{n!}+\cdots$的收敛区间.

解 因为 $\rho=\lim\limits_{n\to\infty}\left|\frac{a_{n+1}}{a_n}\right|=\lim\limits_{n\to\infty}\frac{1}{(n+1)!}\cdot\frac{n!}{1}=0$，所以收敛半径 $R=+\infty$，从而收敛区间是 $(-\infty,+\infty)$.

三、练习题

1. 填空题

(1) 若幂级数 $\sum\limits_{n=0}^{\infty}a_nx^n$ 的收敛半径 R，则 $\sum\limits_{n=0}^{\infty}a_nx^{2n}$ 的收敛半径为__________.

(2) 幂级数在收敛区间内可以进行__________求导.

2. 选择题

(1) 幂级数 $\sum\limits_{n=0}^{\infty}\frac{x^n}{2^n}$ 的收敛区间为（ ）.

A. $(-2,2)$ B. $(-2,2]$ C. $[-2,2)$ D. $[-2,2]$

(2) 幂级数 $\sum\limits_{n=1}^{\infty}(-1)^{n-1}\frac{x^{2n-1}}{2n-1}$ 在收敛区间内的和函数为（ ）.

A. $\operatorname{arccot}x$ B. $\arctan x$ C. $\arcsin x$ D. $\arccos x$

3. 求下列幂级数的收敛区间.

(1) $\sum\limits_{n=1}^{\infty}nx^n$； (2) $\sum\limits_{n=1}^{\infty}(-1)^{n-1}\frac{x^n}{n^2}$；

(3) $\sum\limits_{n=0}^{\infty}\dfrac{2^n}{2n+1}x^n$；　　(4) $\sum\limits_{n=1}^{\infty}\dfrac{2n-1}{2^n}x^{2n-1}$.

4. 求下列幂级数的和函数.

(1) $\sum\limits_{n=1}^{\infty}nx^{n-1}$；　　(2) $\sum\limits_{n=1}^{\infty}\dfrac{x^{2n-1}}{2n-1}$.

第四节　函数的幂级数展开式

一、主要内容

1. 麦克劳林级数　2. 间接方法展开成幂级数

二、例题

【例 1】 将 $f(x)=e^x$ 展开成幂级数

解　因为 $f^{(n)}(x)=e^x(n=1,2,\cdots)$，所以

$$f(0)=f'(0)=f''(0)=\cdots=f^{(n)}(0)=\cdots=1$$

故

$$e^x=1+x+\frac{x^2}{2!}+\cdots+\frac{x^n}{n!}+\cdots$$

【例 2】 将 $f(x)=\dfrac{1}{1+x^2}$ 展开成幂级数

解　因为

$$\frac{1}{1+t}=1-t+t^2-t^3+\cdots,\quad t\in(-1,1)$$

故

$$f(x)=\frac{1}{1+x^2}=1-x^2+x^4-x^6+\cdots,\quad x\in(-1,1)$$

三、练习题

1. 填空题

(1) $y=xe^x$ 的幂级数展开式为____________，其收敛半径为____________.

(2) $y=\sin 2x$ 的幂级数展开式为____________，其收敛区间为____________.

2. 将下列函数展开成幂级数形式.

(1) $f(x)=e^{2x}$；

(2) $f(x)=\dfrac{x}{3+x}$；

(3) $f(x)=\dfrac{1}{x^2+3x+2}$；

(4) $f(x)=\cos 4x$；

(5) $f(x)=\int_0^x \dfrac{\sin t}{t}\mathrm{d}t$；

(6) $f(x)=\ln(4+x)$.

第五节 傅里叶级数

一、主要内容

1. 三角函数系及其正交性 2. 傅里叶系数

二、例题

【例】 设 $f(x)$ 是周期为 2π 的周期函数，且在 $[-\pi,\pi)$ 上的表达式为

$$f(x)=\begin{cases}-1, & -\pi\leqslant x<0\\ 1, & 0\leqslant x<\pi\end{cases}$$

将 $f(x)$ 展开成傅里叶级数

解 因为 $f(x)$ 是奇函数，所以

$$a_0=0,\quad a_n=0$$

$$\begin{aligned}b_n&=\frac{1}{\pi}\int_{-\pi}^{\pi}f(x)\mathrm{d}x\\&=\frac{1}{\pi}\int_{-\pi}^{0}(-1)\sin nx\,\mathrm{d}x+\frac{1}{\pi}\int_0^{\pi}1\cdot\sin nx\,\mathrm{d}x\\&=\frac{2}{n\pi}[1-(-1)^n]\end{aligned}$$

故

$$f(x)=\frac{4}{\pi}\left(\sin x+\frac{1}{3}\sin 3x+\frac{1}{5}\sin 5x+\cdots\right)$$

其中当 $x\neq k\pi$ 时，级数收敛于 $f(x)$；当 $x=k\pi$ 时，级数收敛于$\frac{-1+1}{2}=0$.

三、练习题

1. 填空题

(1) 设周期为 2π 函数 $f(x)=\frac{x}{2}(-\pi\leqslant x<\pi)$，则它的傅里叶系数 $a_0=$__________，$a_n=$__________，$b_n=$__________.

(2) 设周期为 2π 函数 $f(x)=\begin{cases}-x, & -\pi\leqslant x<0\\ x, & 0\leqslant x<\pi\end{cases}$，则它的傅里叶系数 $a_0=$__________，$a_n=$__________，$a_3=$__________.

2. 将下列周期为 2π 的函数展开成傅里叶级数.

(1) $f(x)=\begin{cases}0, & -\pi\leqslant x<0\\ 1, & 0\leqslant x<\pi\end{cases}$；

(2) $f(x)=\begin{cases}x, & -\pi\leqslant x<0\\ 0, & 0\leqslant x<\pi\end{cases}$；

(3) $f(x)=\begin{cases}\pi+x, & -\pi\leqslant x<0\\ \pi-x, & 0\leqslant x<\pi\end{cases}$；

(4) $u(t)=|E\sin t|$.

第六节　周期为 $2l$ 的函数和定义在有限区间上的函数的傅里叶级数

一、主要内容

1. 周期为 $2l$ 的函数，作变量代换 $t=\frac{\pi x}{l}$　2. 定义在有限区间上的函数，作周期延拓

二、例题

【例】 $f(x)$ 是周期为 4 的函数，它在 $[-2, 2)$ 上的表达式为 $f(x)=\begin{cases}0, & -2\leqslant x<0\\ 2 & 0\leqslant x<2\end{cases}$，将 $f(x)$ 展开成傅里叶级数.

解 由于 $f(x)$ 是非奇非偶函数，所以需逐一计算 a_0、a_n、b_n

$$a_0=\frac{1}{2}\int_{-2}^{2}f(x)\mathrm{d}x=\frac{1}{2}\int_{-2}^{0}0\mathrm{d}x+\frac{1}{2}\int_{0}^{2}2\mathrm{d}x=2$$

$$a_n=\frac{1}{2}\int_{-2}^{2}f(x)\cos\frac{n\pi x}{2}\mathrm{d}x=\frac{1}{2}\int_{0}^{2}2\cos\frac{n\pi x}{2}\mathrm{d}x=0$$

$$b_n=\frac{1}{2}\int_{-2}^{2}f(x)\sin\frac{n\pi x}{2}\mathrm{d}x=\frac{1}{2}\int_{0}^{2}2\sin\frac{n\pi x}{2}\mathrm{d}x=\frac{2}{n\pi}(1-\cos n\pi)$$

于是

$$f(x)=1+\frac{4}{\pi}\left(\sin\frac{\pi x}{2}+\frac{1}{3}\sin\frac{3\pi x}{2}+\frac{1}{5}\sin\frac{5\pi x}{2}+\cdots\right)$$

其中，当 $x\neq 2k(k\in Z)$ 时，级数收敛于 $f(x)$；当 $x=2k$ 时，级数收敛于$\frac{0+2}{2}=1$.

三、练习题

1. 填空题

(1) 计算周期为 $2l$ 的函数 $f(x)$ 的傅里叶系数，应作变量代换 $t=$__________.

(2) 周期为 2 的函数 $f(x)$ 的傅里叶系数中，$a_n=$__________，$b_n=$__________.

2. 将下列函数展开成傅里叶级数.

(1) $f(x)=\begin{cases}-1, & -2\leqslant x<-1\\ x, & -1\leqslant x<1\\ 1, & 1\leqslant x<2\end{cases}$；　　(2) $f(x)=x^2,(-1\leqslant x<1)$；

(3) $f(x)=\begin{cases}2x, & -3\leqslant x<0\\ 1, & 0\leqslant x<3\end{cases}$；　　(4) $f(x)=2-x,(0\leqslant x\leqslant 2)$.

*第七节　傅里叶级数的复数形式

一、主要内容

傅里叶级数的复数形式为

$$f(x)=\sum_{n=-\infty}^{+\infty}c_n e^{j\frac{n\pi x}{l}}$$

其中，$c_n=\frac{1}{2l}\int_{-l}^{l}f(x)e^{-j\frac{n\pi x}{l}}dx(n=0,\pm 1,\pm 2,\cdots)$.

二、练习题

将下列函数的傅里叶级数用复数形式表示.

(1) $u(t)=\begin{cases}0, & -1\leqslant t<-\frac{1}{2}\\ h, & -\frac{1}{2}\leqslant t<\frac{1}{2}\\ 0, & \frac{1}{2}\leqslant t<1\end{cases}$；　　(2) $f(x)=e^{-x}(-1\leqslant x<1)$.

第八章　拉　氏　变　换

第一节　拉氏变换的基本概念

一、基本内容

1. 拉氏变换的定义　2. 两个重要函数

二、例题

【例 1】 求函数 $\sin 2t$ 的拉氏变换.

解　根据公式得

$$L[\sin 2t]=\frac{2}{s^2+2^2}=\frac{2}{s^2+4}$$

【例 2】 试用单位阶梯函数 $I(t)$ 将下列 $f(t)$ 合写成一个表达式：

$$f(t)=\begin{cases}-1 & 0\leqslant t<2\\ 1 & t\geqslant 2\end{cases}.$$

解　$f(t)=-1[I(t)-I(t-2)]+I(t-2)=2I(t-2)-I(t)$

三、练习题

1. 填空题

(1) $L[\cos\sqrt{3}t]=$ ________；　(2) $L\left[\sin\frac{t}{2}\right]=$ ________；

(3) $L[e^{-5t}]=$ ________；　(4) $L[e^{t/4}]=$ ________；

(5) $L[2\cos t\sin t]=$ ________；　(6) $L[t^5]=$ ________.

2. 选择题

(1) 已知函数 $f(t)=e^{2t}$，则它的拉氏变换 $L[e^{2t}]$ 为（　　）.

A. $\frac{1}{s+1}$　B. $\frac{1}{s-2}$　C. $\frac{1}{s+2}$　D. $\frac{2}{s-2}$

(2) 已知函数 $f(t)=t^3$，则它的拉氏变换 $L[t^3]$ 为（　　）.

A. $\frac{6}{s^4}$　B. $\frac{6}{s^3}$　C. $\frac{1}{s^4}$　D. $\frac{1}{s^3}$

(3) $L[\sin 5t]=$（　　）.

A. $\frac{2s}{s^2+25}$　B. $\frac{s}{s^2+25}$

C. $\frac{5}{s^2+25}$　D. $\frac{5s}{s^2+5}$

(4) $L[\cos 2t]=$（　　）.

A. $\frac{2}{s^2+4}$　B. $\frac{s}{s^2+4}$

C. $\frac{2s}{s^2+4}$　D. $\frac{s+2}{s^2+4}$

3. 试用单位阶梯函数 $I(t)$ 将下列各函数 $f(t)$ 合写成一个表达式.

(1) $f(t)=\begin{cases}3 & 0\leqslant t<\dfrac{\pi}{2}\\ \cos t & t\geqslant\dfrac{\pi}{2}\end{cases}$;　　(2) $f(t)=\begin{cases}-2 & 0\leqslant t<3\\ 2 & t\geqslant 3\end{cases}$;

(3) $f(t)=\begin{cases}2 & 0\leqslant t<1\\ 3 & 1\leqslant t<2\\ 5 & t\leqslant 2\end{cases}$;　　(4) $f(t)=\begin{cases}a & 0\leqslant t<\tau\\ 2a & \tau\leqslant t<2\tau\\ 3a & 2\tau\leqslant t<3\tau\\ \vdots\end{cases}$.

第二节　拉氏变换的主要性质

一、基本内容

拉氏变换的性质：

(1) 线性性质　(2) 平移性质　(3) 延滞性质　(4) 微分性质　(5) 积分性质

(6) 相似性质　(7) 象函数的微分性质　(8) 象函数的积分性质

二、例题

【例】 求下列函数的拉氏变换：

(1) $f(t)=3e^{t/4}-2e^{-2t}$;　　(2) $f(t)=\begin{cases}\cos t & 0\leqslant t<\pi\\ t & t\geqslant\pi\end{cases}$.

解 (1) 根据线性性质，得

$$L[3e^{t/4}-2e^{-2t}]=3L[e^{t/4}]-2L[e^{-2t}]=\frac{3}{s-\frac{1}{4}}-\frac{2}{s+2}=\frac{12}{4s-1}-\frac{2}{s+2}=\frac{4s+26}{(4s-1)(s+2)}$$

(2) $f(t)=\cos t[I(t)-I(t-\pi)]+t[I(t-\pi)]$

$$=I(t)\cos t+I(t-\pi)[\cos(t-\pi)+(t-\pi)+\pi]$$

根据延滞性质，得

$$L[f(t)]=L[I(t)\cos t]+L[I(t-\pi)\cos(t-\pi)]+L[I(t-\pi)(t-\pi)]+L[I(t-\pi)\pi]$$

$$=L[\cos t]+e^{-\pi s}L[\cos t]+e^{-\pi s}L[t]+e^{-\pi s}L[\pi]$$

$$=\frac{s}{s^2+1}+e^{-\pi s}\left(\frac{\pi}{s}+\frac{1}{s^2}+\frac{s}{s^2+1}\right)$$

三、练习题

1. 选择题

(1) 若 $L[f(t)]=F(s)$，则

A. $L[f(t)e^{\lambda t}]=F(s-\lambda)$

B. $L[f(t)e^{\lambda t}]=F(s+\lambda)$

C. $L[f(t)e^{\lambda t}]=F(s-2\lambda)$

D. $L[f(t)e^{\lambda t}]=\lambda F(s)$

(2) 若 $L[f(t)]=F(s)$，则

A. $L[f(t-\lambda)]=e^{\lambda s}F(s)$

B. $L[f(t-\lambda)]=e^{-\lambda s}F(s)$

C. $L[f(t-\lambda)]=-e^{\lambda s}F(s)$

D. $L[f(t-\lambda)]=-e^{-\lambda s}F(s)$

(3) $L[f(t)]=F(s)$，且 $f'(t)$ 的拉氏变换存在，则

A. $L[f'(t)]=sF(s)-f'(0)$

B. $L[f'(t)]=sF(s)+f'(0)$

C. $L[f'(t)]=sF(s)-f(0)$

D. $L[f'(t)]=sF(s)+f(0)$

(4) 若 $L[f(t)]=F(s)$，则当 $\lambda>0$ 时，有

A. $L[f(\lambda t)]=\lambda F(\lambda s)$

B. $L[f(\lambda t)]=\frac{1}{\lambda}F(\lambda s)$

C. $L[f(\lambda t)]=\frac{1}{\lambda}F(s)$

D. $L[f(\lambda t)]=\frac{1}{\lambda}F\left(\frac{s}{\lambda}\right)$

(5) 若 $L[f(t)]=F(s)$，则

A. $L[t^n f(t)]=(-1)^n F^{(n)}(s)$

B. $L[t^n f(t)]=(-1)^{n+1} F^{(n)}(s)$

C. $L[t^n f(t)]=(-1)^{2n} F^{(n)}(s)$

D. $L[t^n f(t)]=(-1)^{n-1} F^{(n)}(s)$

(6) $L[\delta(t-a)]=(\quad)$

A. e^{as} B. e^{-as} C. $-e^{as}$ D. $-e^{-as}$

2. 填空题

(1) $L[-2e^{t/3}]=(\quad)$；

(2) $L[e^{t/3}-2e^{-2t}]=(\quad)$；

(3) $L[t^3-2]=(\quad)$；

(4) $L[(t-3)^2]=(\quad)$；

(5) $L[2\sin 3t-5\cos t]=(\quad)$；

(6) $L[t^3 e^{5t}]=(\quad)$；

(7) $L[-t\cos 2t]=(\quad)$；

(8) $L[\sin(2t+3)]=(\quad)$.

3. 求下列函数的拉氏变换.

(1) $f(t)=\begin{cases}1 & 0\leqslant t<2\\ 3 & t\geqslant 2\end{cases}$；

(2) $f(t)=\begin{cases}-3 & 0\leqslant t<1\\ t^2 & t\geqslant 1\end{cases}$；

(3) $f(t)=\begin{cases}1 & 0\leqslant t<1\\ e^t & 1\leqslant t<2\\ 2 & t\geqslant 2\end{cases}$；

(4) $f(t)=\begin{cases}\sin t & 0\leqslant t<2\pi\\ t & t\geqslant 2\pi\end{cases}$.

4. 求下列函数的拉氏变换.

(1) $f(t)=2\sin^2 3t+1$；

(2) $f(t)=\sin 3t\cos 3t$；

(3) $f(t)=e^{5t}-e^{-3t}$；

(4) $f(t)=4\sin 2t-5\delta(t)-1$；

(5) $f(t)=e^{-2t}\cos t$；

(6) $f(t)=e^{-2t}t^4$；

(7) $f(t)=te^{2t}\cos 3t$；

(8) $f(t)=t^3\sin 2t$；

(9) $f(t)=\int_0^t \frac{\sin x}{x}dx$；

(10) $f(t)=\int_0^t xe^{-2x}\sin 3x dx$.

5. 求适合下列微分方程与初值条件的函数 $y=f(t)$ 的拉氏变换.

(1) $y'+2y=0, f(0)=3$；

(2) $y'-y=3, y\Big|_{t=0}=1$；

(3) $y''+9y=\cos 3t$，$f(0)=f'(0)=0$；

(4) $y''+4y'+3y=e^{-t}$，$y(0)=y'(0)=1$.

第三节 拉 氏 逆 变 换

一、基本内容

1. 拉氏逆变换的定义 2. 求象函数的拉氏逆变换

二、例题

【例】 求下列各象函数的拉氏逆变换 $f(t)$.

(1) $F(s)=\dfrac{2s}{s^2+36}$； (2) $F(s)=\dfrac{8-10s}{(s-2)^2(s+1)}$.

解 (1) $L^{-1}\left[\dfrac{2s}{s^2+36}\right]=2L^{-1}\left[\dfrac{s}{s^2+6^2}\right]=2\cos 6t$

(2) 设 $F(s)=\dfrac{8-10s}{(s+1)(s-2)^2}=\dfrac{A}{s+1}+\dfrac{B}{s-2}+\dfrac{C}{(s-2)^2}$

$$\begin{aligned}8-10s&=A(s-2)^2+B(s+1)(s-2)+C(s+1)\\&=(A+B)s^2-(4A+B-C)s+(4A-2B+C)\end{aligned}$$

比较系数，得

$$\begin{cases}A+B=0\\4A+B-C=10\\4A-2B+C=8\end{cases}$$

即

$$\begin{cases}A=2\\B=-2\\C=-4\end{cases}$$

于是

$$F(s)=\frac{2}{s+1}+\frac{-2}{s-2}+\frac{-4}{(s-2)^2}$$

所以

$$\begin{aligned}L^{-1}[F(s)]&=L^{-1}\left[\frac{2}{s+1}+\frac{-2}{s-2}+\frac{-4}{(s-2)^2}\right]\\&=2L^{-1}\left[\frac{1}{s+1}\right]-2L^{-1}\left[\frac{1}{s-2}\right]-4L^{-1}\left[\frac{1}{(s-2)^2}\right]\\&=2e^{-t}-2e^{2t}-4te^{2t}\end{aligned}$$

三、练习题

1. 选择题

(1) $L^{-1}\left[\dfrac{2s}{s^2+4}\right]=(\quad)$.

A. $\cos 2t$ B. $2\cos t$ C. $2\cos 2t$ D. $2\sin 2t$

(2) $L^{-1}\left[\dfrac{1}{s^3}\right]=(\quad)$.

A. $2t$ B. $2t^2$ C. $\dfrac{1}{2}t^2$ D. $\dfrac{1}{2}t$

(3) $L^{-1}\left[\dfrac{3s+2}{s^2}\right]=(\quad)$.

A. $3+2t$　　B. $3t+2t^2$　　C. $3+2t^2$　　D. $\dfrac{3}{2}+2t$

(4) $L^{-1}\left[\dfrac{2}{s^2+4}\right]=(\quad)$.

A. $\cos 2t$　　B. $2\cos 2t$　　C. $\sin 2t$　　D. $2\sin 2t$

(5) $L^{-1}\left[\dfrac{1}{2s+1}\right]=(\quad)$.

A. $e^{\frac{t}{2}}$　　B. $2e^{\frac{t}{2}}$　　C. $2e^{-\frac{t}{2}}$　　D. $e^{-\frac{t}{2}}$

(6) $L^{-1}\left[\dfrac{2}{(s-3)^3}\right]=(\quad)$.

A. $2t^2e^{-3t}$　　B. $2t^2e^{3t}$　　C. t^2e^{-3t}　　D. t^2e^{3t}

2. 填空题

(1) $L[\quad]=\dfrac{1}{s-5}$;　　(2) $L[\quad]=\dfrac{2}{3s+5}$;

(3) $L[\quad]=\dfrac{2s}{s^2+16}$;　　(4) $L[\quad]=\dfrac{2}{4s^2+9}$;

(5) $L[\quad]=\dfrac{3s-5}{s^2+16}$;　　(6) $L[\quad]=\dfrac{s^3-2s^2+5s-1}{s^6}$;

(7) $L[\quad]=\dfrac{2}{(s+3)^2}$;　　(8) $L[\quad]=\dfrac{s+4}{s^2+4s+5}$.

3. 求下列各象函数的拉氏逆变换.

(1) $F(s)=\dfrac{s+2}{s(s+1)}$;　　(2) $F(s)=\dfrac{2}{s(s+1)}$;

(3) $F(s)=\dfrac{1}{(s-4)^3}$;　　(4) $F(s)=\dfrac{s+10}{s^2+2s+10}$;

(5) $F(s)=\dfrac{1}{(s+1)(s-2)(s+3)}$;　　(6) $F(s)=\dfrac{2s-1}{s(s+1)^2}$;

(7) $F(s)=\dfrac{4s+1}{(s-2)(s^2+2)}$;

(8) $F(s)=\dfrac{2}{s(s^2+4)}$;

(9) $F(s)=\dfrac{2s+1}{s(s+1)(s+2)}$;

(10) $F(s)=\dfrac{4}{(s^2-2)(s^2+2)}$.

第四节 拉氏变换的应用

一、基本内容

主要用于解微分方程.

二、例题

【例 1】 用拉氏变换，求微分方程 $y'-y=1$，$y'\Big|_{t=0}=1$ 的解

解 $L[y']-L[y]=L[1]$

$$sY-y(0)-Y=\frac{1}{s}\quad Y=\frac{s+1}{s(s-1)}=-\frac{1}{s}+\frac{2}{s-1}$$

$$y=L^{-1}\left[-\frac{1}{s}+\frac{2}{s-1}\right]=-1+2\mathrm{e}^t$$

【例 2】 求方程组

$\begin{cases}y''-x''+x'-y=\mathrm{e}^t-2\\2y''-x''-2y'+x=-t\end{cases}$ 满足初始条件 $\begin{cases}y(0)=y'(0)=0\\x(0)=x'(0)=0\end{cases}$ 的解.

解 设 $L[y(t)]=Y(s)=Y$, $L[x(t)]=X(s)=X$.

对方程组两边同时取拉氏变换，得

$$\begin{cases}s^2Y-s^2X+sX-Y=\dfrac{1}{s-1}-\dfrac{2}{s}\\2s^2Y-s^2X-2Y+X=-\dfrac{1}{s^2}\end{cases}$$

解方程组，得

$$\begin{cases}Y(s)=\dfrac{1}{s(s-1)^2}=\dfrac{1}{s}-\dfrac{1}{s-1}+\dfrac{1}{(s-1)^2}\\X(s)=\dfrac{2s-1}{s^2(s-1)^2}=-\dfrac{1}{s^2}+\dfrac{1}{(s-1)^2}\end{cases}$$

取拉氏逆变换，得原方程组的解为

$$\begin{cases}y(t)=L^{-1}[Y(s)]=1-\mathrm{e}^t+t\mathrm{e}^t\\x(t)=L^{-1}[X(s)]=-t+t\mathrm{e}^t\end{cases}.$$

三、练习题

1. 解下列微分方程

(1) $y'-y=2, y'\Big|_{t=0}=1$；

(2) $y'+y=2, y\Big|_{t=0}=1$；

(3) $y''(t)+4y'(t)+3y(t)=e^{-t}$，$y(0)=y'(0)=1$；

(4) $y''(t)-2y'(t)+2y(t)=2e^{t}\cos 2t$，$y(0)=y'(0)=0$；

(5) $y''(t)-3y'(t)+2y(t)=4$，$y(0)=3$，$y'(0)=-2$.

2. 解下列各微分方程组.

(1) $\begin{cases} x'+x-y=e^{t} \\ y'+3x-2y=2e^{t} \\ x(0)=y(0)=1 \end{cases}$；

(2) $\begin{cases} x''+2y=0 \\ y'+x+y=0 \\ x(0)=0, x'(0)=1 \\ y(0)=0 \end{cases}$.

第九章　行列式和矩阵

第一节　二、三阶行列式

一、主要内容

1. 二、三阶行列式的概念　　2. 二、三阶行列式的对角线法则

二、例题

【例 1】 计算行列式：$\begin{vmatrix} \cos\theta & \sin\theta \\ \sin\theta & \cos\theta \end{vmatrix}$

解　按照二阶行列式的展开式，可得

$$\begin{vmatrix} \cos\theta & \sin\theta \\ \sin\theta & \cos\theta \end{vmatrix} = \cos^2\theta - \sin^2\theta = \cos 2\theta$$

【例 2】 计算行列式：$\begin{vmatrix} a & 0 & b \\ 0 & c & 0 \\ d & 0 & e \end{vmatrix}$

解　按照三阶行列式的对角线法则展开可以得到

$$\begin{vmatrix} a & 0 & b \\ 0 & c & 0 \\ d & 0 & e \end{vmatrix} = ace + 0\times0\times d + b\times0\times0 - dcb - 0\times0\times e - a\times0\times0$$

$$= ace - dcb$$

三、练习题

1. 填空题

(1) $\begin{vmatrix} 2 & 1 \\ -1 & 2 \end{vmatrix} =$ ________；　(2) $\begin{vmatrix} a & b \\ a^2 & b^2 \end{vmatrix} =$ ________；

(3) $\begin{vmatrix} \frac{1-t^2}{1+t^2} & \frac{2t}{1+t^2} \\ \frac{-2t}{1+t^2} & \frac{1-t^2}{1+t^2} \end{vmatrix} =$ ________；　(4) $\begin{vmatrix} \log_a b & 1 \\ 1 & \log_b a \end{vmatrix} =$ ________.

2. 计算题

(1) $\begin{vmatrix} a & b & c \\ b & c & a \\ c & a & b \end{vmatrix}$；　(2) $\begin{vmatrix} 1 & 3 & 4 \\ 0 & 8 & 6 \\ 4 & 1 & 7 \end{vmatrix}$.

3. 当 x 取何值时，$\begin{vmatrix} 3 & 1 & x \\ 4 & x & 0 \\ 1 & 0 & x \end{vmatrix}=0$.

第二节 行列式的性质

一、主要内容

以三阶行列式为例，介绍了行列式常用的性质. 在解决高阶行列式的计算问题时，这些性质仍然是成立的.

二、例题

【例 1】 计算 $\begin{vmatrix} x-y & x^2-y^2 \\ x^2-y^2 & x^3-y^3 \end{vmatrix}$.

解 $\begin{vmatrix} x-y & x^2-y^2 \\ x^2-y^2 & x^3-y^3 \end{vmatrix}=(x-y)^2\begin{vmatrix} 1 & x+y \\ x+y & x^2+xy+y^2 \end{vmatrix}$

$=(x-y)^2(-xy)=-xy(x-y)^2$

【例 2】 计算 $\begin{vmatrix} -2 & 1 & 3 \\ 5 & -4 & 8 \\ 3 & 0 & 5 \end{vmatrix}$.

解 $\begin{vmatrix} -2 & 1 & 3 \\ 5 & -4 & 8 \\ 3 & 0 & 5 \end{vmatrix}=\begin{vmatrix} -2 & 1 & 3 \\ -3 & 0 & 20 \\ 3 & 0 & 5 \end{vmatrix}$

$=1\times(-1)^{1+2}\begin{vmatrix} -3 & 20 \\ 3 & 5 \end{vmatrix}+0\times(-1)^{2+2}\begin{vmatrix} -2 & 3 \\ 3 & 5 \end{vmatrix}+0\times(-1)^{3+2}\begin{vmatrix} -2 & 3 \\ -3 & 20 \end{vmatrix}=75$

【例 3】 计算 $\begin{vmatrix} a_1-b_1 & a_1-b_2 & a_1-b_3 \\ a_2-b_1 & a_2-b_2 & a_2-b_3 \\ a_3-b_1 & a_3-b_2 & a_3-b_3 \end{vmatrix}$.

解 $\begin{vmatrix} a_1-b_1 & a_1-b_2 & a_1-b_3 \\ a_2-b_1 & a_2-b_2 & a_2-b_3 \\ a_3-b_1 & a_3-b_2 & a_3-b_3 \end{vmatrix}=\begin{vmatrix} a_1-b_1 & a_1-b_2 & a_1-b_3 \\ a_2-a_1 & a_2-a_1 & a_2-a_1 \\ a_3-a_1 & a_3-a_1 & a_3-a_1 \end{vmatrix}$

$=(a_2-a_1)(a_3-a_1)\begin{vmatrix} a_1-b_1 & a_1-b_2 & a_1-b_3 \\ 1 & 1 & 1 \\ 1 & 1 & 1 \end{vmatrix}=0$

三、练习题

1. 判断题

(1) 行列式的行或列交换奇数次以后，行列式的值变号. (　　)

(2) $\begin{vmatrix} a & b \\ c & d \end{vmatrix}$ 与 $\begin{vmatrix} d & -c \\ -b & a \end{vmatrix}$ 是不同的行列式. ( )

(3) 行列式的值，等于任意一行的元素分别与它的余子式的乘积之和. ( )

2. 填空题

(1) 行列互换，其值________.

(2) $\begin{vmatrix} 1 & 3 & 8 \\ 8 & 0 & 6 \\ 8 & 7 & 3 \end{vmatrix}$ 中，1 的余子式是________，代数余子式是________；7 的余子式是________，代数余子式是________.

3. 计算题

(1) $\begin{vmatrix} 1999 & 2009 \\ 2020 & 2030 \end{vmatrix}$；

(2) $\begin{vmatrix} a & 0 & b \\ 0 & c & 0 \\ d & 0 & e \end{vmatrix}$；

(3) $\begin{vmatrix} 2 & 4 & 5 \\ 1 & 3 & 4 \\ 1 & 1 & 1 \end{vmatrix}$；

(4) $\begin{vmatrix} 2 & 0 & 3 \\ 3 & -1 & -3 \\ 5 & 1 & 1 \end{vmatrix}$；

(5) $\begin{vmatrix} x & y & x+y \\ y & x+y & x \\ x+y & x & y \end{vmatrix}$；

(6) $\begin{vmatrix} 1 & a_1 & a_2 \\ 1 & a_1+b_1 & a_2 \\ 1 & a_1 & a_2+b_2 \end{vmatrix}$.

4. 用行列式的性质证明.

(1) $\begin{vmatrix} a_1+kb_1 & b_1+c_1 & c_1 \\ a_2+kb_2 & b_2+c_2 & c_2 \\ a_3+kb_3 & b_3+c_3 & c_3 \end{vmatrix} = \begin{vmatrix} a_1 & b_1 & c_1 \\ a_2 & b_2 & c_2 \\ a_3 & b_3 & c_3 \end{vmatrix}$；

(2) $\begin{vmatrix} y+z & z+x & x+y \\ x+y & y+z & z+x \\ z+x & x+y & y+z \end{vmatrix} = 2\begin{vmatrix} x & y & z \\ z & x & y \\ y & z & x \end{vmatrix}$.

第三节 高阶行列式

一、主要内容

高阶行列式的求解方法与二、三阶相同，主要利用行列式的性质进行.

二、例题

【例 1】 计算行列式的值 $\begin{vmatrix} a_{11} & a_{12} & a_{13} & a_{14} & a_{15} \\ a_{21} & a_{22} & a_{23} & a_{24} & a_{25} \\ a_{31} & a_{32} & 0 & 0 & 0 \\ a_{41} & a_{42} & 0 & 0 & 0 \\ a_{51} & a_{52} & 0 & 0 & 0 \end{vmatrix}$.

解 $\begin{vmatrix} a_{11} & a_{12} & a_{13} & a_{14} & a_{15} \\ a_{21} & a_{22} & a_{23} & a_{24} & a_{25} \\ a_{31} & a_{32} & 0 & 0 & 0 \\ a_{41} & a_{42} & 0 & 0 & 0 \\ a_{51} & a_{52} & 0 & 0 & 0 \end{vmatrix} = a_{14}(-1)^{1+4}\begin{vmatrix} a_{21} & a_{22} & a_{23} & a_{25} \\ a_{31} & a_{32} & 0 & 0 \\ a_{41} & a_{42} & 0 & 0 \\ a_{51} & a_{52} & 0 & 0 \end{vmatrix} + a_{24}(-1)^{2+4}$

$\begin{vmatrix} a_{11} & a_{12} & a_{13} & a_{15} \\ a_{31} & a_{32} & 0 & 0 \\ a_{41} & a_{42} & 0 & 0 \\ a_{51} & a_{52} & 0 & 0 \end{vmatrix} = -a_{14}a_{25}(-1)^{1+4}\begin{vmatrix} a_{31} & a_{32} & 0 \\ a_{41} & a_{42} & 0 \\ a_{51} & a_{52} & 0 \end{vmatrix} + a_{24}a_{15}(-1)^{1+4}\begin{vmatrix} a_{31} & a_{32} & 0 \\ a_{41} & a_{42} & 0 \\ a_{51} & a_{52} & 0 \end{vmatrix} = 0$

【例 2】 计算 $D = \begin{vmatrix} 1 & -1 & 1 & x-1 \\ 1 & -1 & x+1 & -1 \\ 1 & x-1 & 1 & -1 \\ x+1 & -1 & 1 & -1 \end{vmatrix}$.

解 原式 $= \begin{vmatrix} x & -1 & 1 & x-1 \\ x & -1 & x+1 & -1 \\ x & x-1 & 1 & -1 \\ x & -1 & 1 & -1 \end{vmatrix} = x\begin{vmatrix} 1 & -1 & 1 & x-1 \\ 1 & -1 & x+1 & -1 \\ 1 & x-1 & 1 & -1 \\ 1 & -1 & 1 & -1 \end{vmatrix}$

$= x\begin{vmatrix} 1 & 0 & 0 & x \\ 1 & 0 & x & 0 \\ 1 & x & 0 & 0 \\ 1 & 0 & 0 & 0 \end{vmatrix} = x\begin{vmatrix} 1 & 0 & 0 & 0 \\ 1 & x & 0 & 0 \\ 1 & 0 & x & 0 \\ 1 & 0 & 0 & x \end{vmatrix} = x^4$

【例 3】 设 a、b、c 两两互不相同，则 $\begin{vmatrix} b+c & a+c & a+b \\ a & b & c \\ a^2 & b^2 & c^2 \end{vmatrix}=0$ 的充分必要条件是________.

解 $\begin{vmatrix} b+c & a+c & a+b \\ a & b & c \\ a^2 & b^2 & c^2 \end{vmatrix}=\begin{vmatrix} a+b+c & a+b+c & a+b+c \\ a & b & c \\ a^2 & b^2 & c^2 \end{vmatrix}$

$=(a+b+c)\begin{vmatrix} 1 & 1 & 1 \\ a & b & c \\ a^2 & b^2 & c^2 \end{vmatrix}=(a+b+c)(b-a)(c-a)(c-b)=0$

由于 a、b、c 两两互不相同，$(b-a)(c-a)(c-b)\neq 0$，所以充要条件只能是 $a+b+c=0$.

三、练习题

1. 选择题

(1) 对于任意的四阶行列式，选取任意一行或一列展开，一般而言，展开式是（　　）个三阶行列式的和.

A. 1　　B. 2　　C. 3　　D. 4

(2) $\begin{vmatrix} k-1 & 2 \\ 2 & k-1 \end{vmatrix}\neq 0$ 的充分必要条件是（　　）.

A. $k\neq -1$　　B. $k\neq 3$

C. $k\neq -1$ 且 $k\neq 3$　　D. $k\neq -1$ 或 $k\neq 3$

(3) 如果 $D=\begin{vmatrix} a & b & c \\ s & t & v \\ x & y & z \end{vmatrix}\neq 0$，$D_1=\begin{vmatrix} 2a & 2b & 2c \\ 3s & 3t & 3v \\ -x & -y & -z \end{vmatrix}$ 的值为（　　）.

A. $2D$　　B. $6D$　　C. $-3D$　　D. $-6D$

2. 计算行列式的值.

(1) $\begin{vmatrix} 0 & 1 & 1 & 1 \\ 1 & 0 & 1 & 1 \\ 1 & 1 & 0 & 1 \\ 1 & 1 & 1 & 0 \end{vmatrix}$；　　(2) $\begin{vmatrix} 1 & 2 & 3 & 4 \\ 3 & -1 & -1 & 0 \\ 1 & 0 & 1 & 2 \\ 1 & 2 & 0 & -5 \end{vmatrix}$；

(3) $\begin{vmatrix} 1 & 1 & 1 & 1 \\ 1 & 2 & 3 & 4 \\ 1 & 3 & 6 & 10 \\ 1 & 4 & 10 & 20 \end{vmatrix}$;　　(4) $\begin{vmatrix} 1 & 2 & 0 & 0 \\ 2 & 1 & 2 & 0 \\ 0 & 2 & 1 & 2 \\ 0 & 0 & 2 & 1 \end{vmatrix}$;

(5) $\begin{vmatrix} a & b & c & 1 \\ b & c & a & 1 \\ c & a & b & 1 \\ \frac{b+c}{2} & \frac{c+a}{2} & \frac{a+b}{2} & 1 \end{vmatrix}$;　　(6) $\begin{vmatrix} -a_1 & a_1 & 0 & 0 \\ 0 & -a_2 & a_2 & 0 \\ 0 & 0 & -a_3 & a_3 \\ 1 & 1 & 1 & 1 \end{vmatrix}$;

(7) $\begin{vmatrix} 1 & a_1 & 0 & \cdots & 0 & 0 \\ -1 & 1-a_1 & a_2 & \cdots & 0 & 0 \\ 0 & -1 & 1-a_2 & \cdots & 0 & 0 \\ \cdots & \cdots & \cdots & \cdots & \cdots & \cdots \\ 0 & 0 & 0 & \cdots & 1-a_{n-2} & a_{n-1} \\ 0 & 0 & 0 & \cdots & -1 & 1-a_{n-1} \end{vmatrix}$;

(8) $D_n = \begin{vmatrix} a & b & 0 & 0 & 0 & 0 \\ 0 & a & b & 0 & 0 & 0 \\ 0 & 0 & a & 0 & 0 & 0 \\ \cdots & \cdots & \cdots & \cdots & \cdots & \cdots \\ 0 & 0 & 0 & 0 & a & b \\ b & 0 & 0 & 0 & 0 & a \end{vmatrix}$.

第四节　克莱姆法则

一、主要内容

方程组的系数行列式 $D\neq 0$，则 $x_j=\dfrac{D_j}{D}\quad (j=1,2,\cdots,n)$

二、例题

【例】 解线性方程组 $\begin{cases}x_1+2x_2+3x_3+4x_4=1\\3x_1-x_2-x_3=1\\x_1+x_3+2x_4=-1\\x_1+2x_2-5x_4=10\end{cases}$

解　该方程组的系数行列式为

$$D=\begin{vmatrix}1&2&3&4\\3&-1&-1&0\\1&0&1&2\\1&2&0&-5\end{vmatrix}=24\neq 0，所以方程组有唯一解.$$

$$D_1=\begin{vmatrix}1&2&3&4\\1&-1&-1&0\\-1&0&1&2\\10&2&0&-5\end{vmatrix}=24\qquad D_2=\begin{vmatrix}1&1&3&4\\3&1&-1&0\\1&-1&1&2\\1&10&0&-5\end{vmatrix}=48$$

$$D_3=\begin{vmatrix}1&2&1&4\\3&-1&1&0\\1&0&-1&2\\1&2&10&-5\end{vmatrix}=0\qquad D_4=\begin{vmatrix}1&2&3&1\\3&-1&-1&1\\1&0&1&-1\\1&2&0&10\end{vmatrix}=-24$$

所以方程组的解为 $x_1=\dfrac{D_1}{D}=1$，$x_2=\dfrac{D_2}{D}=2$，$x_3=\dfrac{D_3}{D}=0$，$x_4=\dfrac{D_4}{D}=-1$.

三、练习题

用克莱姆法则解下列方程组：

(1) $\begin{cases}2a+3b+11c+5d=6\\a+b+5c+2d=2\\2a+b+3c+4d=2\\a+b+3c+4d=2\end{cases}$；

(2) $\begin{cases}x_1+3x_2-3x_3+4x_4=3\\3x_1-x_2-x_3=1\\x_1+2x_3+3x_4=-2\\2x_1+2x_2-3x_4=9\end{cases}$.

第五节　矩阵概念及其基本运算

一、主要内容

1. 矩阵的概念及表示　　2. 矩阵的运算

二、例题

【例 1】 设 $A=\begin{pmatrix}1&2\\0&3\end{pmatrix}$，$B=\begin{pmatrix}a&b\\c&d\end{pmatrix}$，则当 b、d 为任意常数，且 $c=$________，$a=$________时，恒有 $AB=BA$.

解 $AB=\begin{pmatrix}a+2c&b+2d\\3c&3d\end{pmatrix}$，$BA=\begin{pmatrix}a&2a+3b\\c&2c+3d\end{pmatrix}$，由 $AB=BA$，得

$$\begin{pmatrix}a+2c&b+2d\\3c&3d\end{pmatrix}=\begin{pmatrix}a&2a+3b\\c&2c+3d\end{pmatrix}$$

即 $\begin{cases}a+2c=a\\b+2d=2a+3b\\3c=c\\3d=2c+3d\end{cases}$，即 $\begin{cases}c=0\\a=d-b\end{cases}$

【例 2】 已知 $B=\begin{pmatrix}0&-1&0\\1&0&0\\0&0&-1\end{pmatrix}$，求 B^{2000}.

解 $B^2=\begin{pmatrix}0&-1&0\\1&0&0\\0&0&-1\end{pmatrix}\begin{pmatrix}0&-1&0\\1&0&0\\0&0&-1\end{pmatrix}=\begin{pmatrix}-1&0&0\\0&-1&0\\0&0&1\end{pmatrix}$

而 $B^2B^2=B^4=\begin{pmatrix}-1&0&0\\0&-1&0\\0&0&1\end{pmatrix}\begin{pmatrix}-1&0&0\\0&-1&0\\0&0&1\end{pmatrix}=\begin{pmatrix}1&0&0\\0&1&0\\0&0&1\end{pmatrix}=I$

所以 $B^{2000}=(B^4)^{500}=I^{500}=I$

三、练习题

1. 一般而言矩阵乘法不满足交换律，有一些特殊矩阵却对同阶任意方阵满足交换律，例如________矩阵与________矩阵.

2. 选择题（可多选）

(1) 有矩阵 $A_{3\times2}$、$B_{2\times3}$、$C_{3\times3}$，下列（　　）运算可行.

A. AC　　B. BC　　C. ABC　　D. $AB-BC$

(2) A、B 均为 n 阶方阵，当（　　）时，有 $(A+B)(A-B)=A^2-B^2$.

A. $A=I$　　B. $B=O$　　C. $A=B$　　D. $AB=BA$

3. 设 $A=\begin{pmatrix}1&2&1&2\\2&1&2&1\\1&2&3&4\end{pmatrix}$，$B=\begin{pmatrix}4&3&2&1\\-2&1&-2&1\\0&-1&0&-1\end{pmatrix}$，试求：(1) $3A-B$；(2) $2A+3B$；(3) 若 X 满足 $A+X=B$，求 X；(4) 若 Y 满足 $(2A-Y)+2(B-Y)=O$，求 Y.

4. 计算题

(1) $\begin{pmatrix} 3 & -2 \\ 5 & -4 \end{pmatrix}\begin{pmatrix} 3 & 4 \\ 2 & 5 \end{pmatrix}$；

(2) $\begin{pmatrix} 1 & 2 & 3 \\ -2 & 1 & 2 \end{pmatrix}\begin{pmatrix} 1 & 2 & 0 \\ 0 & 1 & 1 \\ 3 & 0 & -1 \end{pmatrix}$；

(3) $\begin{pmatrix} 1 \\ 2 \\ 3 \end{pmatrix}(1 \quad 2 \quad 3)$；

(4) $(1 \quad 2 \quad 3)\begin{pmatrix} 1 \\ 2 \\ 3 \end{pmatrix}$；

(5) $\begin{pmatrix} a & 0 & 0 \\ 0 & b & 0 \\ 0 & 0 & c \end{pmatrix}^n$；

(6) $\begin{pmatrix} 0 & 0 & 0 \\ x & 0 & 0 \\ y & z & 0 \end{pmatrix}^{10}$.

5. 用矩阵 $A=\begin{pmatrix} 1 & 2 \\ 3 & 3 \end{pmatrix}$，$B=\begin{pmatrix} 1 & 1 \\ 2 & 3 \end{pmatrix}$ 验证 $(AB)'=B'A'$.

第六节 逆 矩 阵

一、主要内容

1. 逆矩阵的概念及存在条件 2. 逆矩阵求法

二、例题

【例】 用两种方法求逆矩阵：$A=\begin{pmatrix} 1 & 2 & 3 \\ -1 & 2 & 6 \\ 3 & 2 & 1 \end{pmatrix}$.

解 方法一 利用伴随矩阵求逆 $\det\begin{pmatrix}1&2&3\\-1&2&6\\3&2&1\end{pmatrix}=\begin{vmatrix}1&2&3\\0&4&9\\0&-4&-8\end{vmatrix}=\begin{vmatrix}1&2&3\\0&4&9\\0&0&1\end{vmatrix}=4\neq0$

$A_{11}=\begin{vmatrix}2&6\\2&1\end{vmatrix}=-10$, $A_{12}=-\begin{vmatrix}-1&6\\3&1\end{vmatrix}=19$, $A_{13}=\begin{vmatrix}-1&2\\3&2\end{vmatrix}=-8$

$A_{21}=-\begin{vmatrix}2&3\\2&1\end{vmatrix}=4$, $A_{22}=\begin{vmatrix}1&3\\3&1\end{vmatrix}=-8$, $A_{23}=-\begin{vmatrix}1&2\\3&2\end{vmatrix}=4$

$A_{31}=\begin{vmatrix}2&3\\2&6\end{vmatrix}=6$, $A_{32}=-\begin{vmatrix}1&3\\-1&6\end{vmatrix}=-9$, $A_{33}=\begin{vmatrix}1&2\\-1&2\end{vmatrix}=4$

所以矩阵的逆为 $A^{-1}=\frac{1}{4}\begin{pmatrix}-10&4&6\\19&-8&-9\\-8&4&4\end{pmatrix}$.

方法二 利用初等行变换

$$(A\vdots I)=\left(\begin{array}{ccc:ccc}1&2&3&1&0&0\\-1&2&6&0&1&0\\3&2&1&0&0&1\end{array}\right)\to\left(\begin{array}{ccc:ccc}1&2&3&1&0&0\\0&4&9&1&1&0\\0&-4&-8&-3&0&1\end{array}\right)$$

$$\to\left(\begin{array}{ccc:ccc}1&2&3&1&0&0\\0&4&9&1&1&0\\0&0&1&-2&1&1\end{array}\right)\to\left(\begin{array}{ccc:ccc}1&2&0&7&-3&-3\\0&4&0&19&-8&-9\\0&0&1&-2&1&1\end{array}\right)$$

$$\to\left(\begin{array}{ccc:ccc}1&2&0&7&-3&-3\\0&1&0&\frac{19}{4}&-2&\frac{-9}{4}\\0&0&1&-2&1&1\end{array}\right)\to\left(\begin{array}{ccc:ccc}1&0&0&-\frac{5}{2}&1&\frac{3}{2}\\0&1&0&\frac{19}{4}&-2&\frac{-9}{4}\\0&0&1&-2&1&1\end{array}\right)$$

所以 $A^{-1}=\begin{pmatrix}-\frac{5}{2}&1&\frac{3}{2}\\\frac{19}{4}&-2&\frac{-9}{4}\\-2&1&1\end{pmatrix}=\frac{1}{4}\begin{pmatrix}-10&4&6\\19&-8&-9\\-8&4&4\end{pmatrix}$.

三、练习题

1. 选择题

(1) 已知 A、B 均为 n 阶非零矩阵，且 $AB=O$，则（ ）.

A. A、B 中必有一个为可逆矩阵　　B. A、B 都不可逆

C. A、B 都为可逆矩阵　　D. 以上说法均不正确

(2) 设 n 阶矩阵 A、B、C 满足 $ABC=I$，则必有（ ）.

A. $ACB=I$　　B. $CBA=I$　　C. $BAC=I$　　D. $BCA=I$

(3) 设 n 阶矩阵 A、B、C，且 A 可逆，则正确的是（ ）.

A. 若 $AB=CA$，则 $B=C$　　B. 若 $AB=AC$，则 $B=C$

C. 若 $BC=O$，则 $C=O$　　D. 若 $AB=O$，则 $B\neq O$

2. 求下列矩阵的逆矩阵.

(1) $\begin{pmatrix} 1 & -2 & 4 \\ 2 & 2 & -1 \\ 5 & 8 & 2 \end{pmatrix}$； (2) $\begin{pmatrix} 1 & -1 & 2 \\ 3 & 2 & 1 \\ 1 & -2 & 0 \end{pmatrix}$；

(3) $\begin{pmatrix} 1 & 2 & 3 & 4 \\ 2 & 3 & 1 & 2 \\ 1 & 1 & 1 & -1 \\ 1 & 0 & -2 & -6 \end{pmatrix}$； (4) $\begin{pmatrix} 1 & 2 & 3 & 4 \\ 0 & 1 & 2 & 3 \\ 0 & 0 & 1 & 2 \\ 0 & 0 & 0 & 1 \end{pmatrix}$；

(5) $\begin{pmatrix} a_1 & 0 & 0 & 0 \\ 0 & a_2 & 0 & 0 \\ \vdots & \vdots & \vdots & \vdots \\ 0 & 0 & 0 & a_n \end{pmatrix}$ $(a_i\neq 0, i=1, \cdots, n)$； (6) $\begin{pmatrix} 1 & 2 & 0 & 0 \\ 3 & 4 & 0 & 0 \\ 0 & 0 & 1 & 2 \\ 0 & 0 & 3 & 4 \end{pmatrix}$.

3. 证明：若 $A^k=O$，求证：$(I-A)^{-1}=I+A+A^2+\cdots+A^{k-1}$.

4. 证明：如果 $A^2=A\neq I$，则 A 必不可逆.

第七节 矩阵的秩

一、主要内容

1. 秩的定义 2. 秩的求法

二、例题

【例 1】 求下列矩阵的秩

(1) $\begin{pmatrix} 1 & 2 & 3 & 4 \\ 1 & -2 & 4 & 5 \\ 1 & 10 & 1 & 2 \end{pmatrix}$； (2) $\begin{pmatrix} 1 & 0 & 0 & 1 & 4 \\ 0 & 1 & 0 & 2 & 5 \\ 0 & 0 & 1 & 3 & 6 \\ 1 & 2 & 3 & 14 & 32 \\ 4 & 5 & 6 & 32 & 77 \end{pmatrix}$.

解 (1) $\begin{pmatrix} 1 & 2 & 3 & 4 \\ 1 & -2 & 4 & 5 \\ 1 & 10 & 1 & 2 \end{pmatrix} \to \begin{pmatrix} 1 & 2 & 3 & 4 \\ 0 & -4 & 1 & 1 \\ 0 & 8 & -2 & -2 \end{pmatrix} \to \begin{pmatrix} 1 & 2 & 3 & 4 \\ 0 & -4 & 1 & 1 \\ 0 & 0 & 0 & 0 \end{pmatrix}$

显然矩阵的秩为 2.

(2) $$\begin{pmatrix} 1 & 0 & 0 & 1 & 4 \\ 0 & 1 & 0 & 2 & 5 \\ 0 & 0 & 1 & 3 & 6 \\ 1 & 2 & 3 & 14 & 32 \\ 4 & 5 & 6 & 32 & 77 \end{pmatrix} \to \begin{pmatrix} 1 & 0 & 0 & 1 & 4 \\ 0 & 1 & 0 & 2 & 5 \\ 0 & 0 & 1 & 3 & 6 \\ 0 & 2 & 3 & 13 & 28 \\ 0 & 5 & 6 & 28 & 61 \end{pmatrix} \to \begin{pmatrix} 1 & 0 & 0 & 1 & 4 \\ 0 & 1 & 0 & 2 & 5 \\ 0 & 0 & 1 & 3 & 6 \\ 0 & 0 & 3 & 9 & 18 \\ 0 & 0 & 6 & 18 & 36 \end{pmatrix} \to \begin{pmatrix} 1 & 0 & 0 & 1 & 4 \\ 0 & 1 & 0 & 2 & 5 \\ 0 & 0 & 1 & 3 & 6 \\ 0 & 0 & 0 & 0 & 0 \\ 0 & 0 & 0 & 0 & 0 \end{pmatrix}$$

所以原矩阵的秩为 3.

【例 2】 求线性方程组的系数矩阵和增广矩阵的秩 $\begin{cases} 5x_1+6x_2=1 \\ x_1+5x_2+6x_3=-2 \\ x_2+5x_3+6x_4=2 \\ x_3+5x_4+6x_5=-2 \\ x_4+5x_5=-4 \end{cases}$.

解 $$\left(\begin{array}{ccccc:c} 5 & 6 & 0 & 0 & 0 & 1 \\ 1 & 5 & 6 & 0 & 0 & -2 \\ 0 & 1 & 5 & 6 & 0 & 2 \\ 0 & 0 & 1 & 5 & 6 & -2 \\ 0 & 0 & 0 & 1 & 5 & -4 \end{array}\right) \to \left(\begin{array}{ccccc:c} 1 & 5 & 6 & 0 & 0 & -2 \\ 5 & 6 & 0 & 0 & 0 & 1 \\ 0 & 1 & 5 & 6 & 0 & 2 \\ 0 & 0 & 1 & 5 & 6 & -2 \\ 0 & 0 & 0 & 1 & 5 & -4 \end{array}\right) \to \left(\begin{array}{ccccc:c} 1 & 5 & 6 & 0 & 0 & -2 \\ 0 & -19 & -30 & 0 & 0 & 11 \\ 0 & 1 & 5 & 6 & 0 & 2 \\ 0 & 0 & 1 & 5 & 6 & -2 \\ 0 & 0 & 0 & 1 & 5 & -4 \end{array}\right)$$

$$\to \left(\begin{array}{ccccc:c} 1 & 5 & 6 & 0 & 0 & -2 \\ 0 & 1 & 5 & 6 & 0 & 2 \\ 0 & -19 & -30 & 0 & 0 & 11 \\ 0 & 0 & 1 & 5 & 6 & -2 \\ 0 & 0 & 0 & 1 & 5 & -4 \end{array}\right) \to \left(\begin{array}{ccccc:c} 1 & 5 & 6 & 0 & 0 & -2 \\ 0 & 1 & 5 & 6 & 0 & 2 \\ 0 & 0 & 65 & 114 & 0 & 49 \\ 0 & 0 & 1 & 5 & 6 & -2 \\ 0 & 0 & 0 & 1 & 5 & -4 \end{array}\right) \to \left(\begin{array}{ccccc:c} 1 & 5 & 6 & 0 & 0 & -2 \\ 0 & 1 & 5 & 6 & 0 & 2 \\ 0 & 0 & 1 & 5 & 6 & -2 \\ 0 & 0 & 65 & 114 & 0 & 49 \\ 0 & 0 & 0 & 1 & 5 & -4 \end{array}\right) \to$$

$$\left(\begin{array}{ccccc:c} 1 & 5 & 6 & 0 & 0 & -2 \\ 0 & 1 & 5 & 6 & 0 & 2 \\ 0 & 0 & 1 & 5 & 6 & -2 \\ 0 & 0 & 0 & -211 & -390 & 179 \\ 0 & 0 & 0 & 1 & 5 & -4 \end{array}\right) \to \left(\begin{array}{ccccc:c} 1 & 5 & 6 & 0 & 0 & -2 \\ 0 & 1 & 5 & 6 & 0 & 2 \\ 0 & 0 & 1 & 5 & 6 & -2 \\ 0 & 0 & 0 & 0 & 665 & -665 \\ 0 & 0 & 0 & 1 & 5 & -4 \end{array}\right) \to \left(\begin{array}{ccccc:c} 1 & 5 & 6 & 0 & 0 & -2 \\ 0 & 1 & 5 & 6 & 0 & 2 \\ 0 & 0 & 1 & 5 & 6 & -2 \\ 0 & 0 & 0 & 1 & 5 & -4 \\ 0 & 0 & 0 & 0 & 1 & -1 \end{array}\right)$$

所以系数矩阵的秩和增广矩阵的秩均为 5.

三、练习题

1. 选择题

(1) 设矩阵 A 的秩为 r，下列结论不正确的是（　　）.

A. A 的所有 r 阶子式均非 0　　B. A 的所有 $r+1$ 阶子式均为 0

C. A 存在一个非 0 的 r 阶子式　　D. A 存在一个非 0 的 $r-1$ 阶子式

(2) n 阶可逆阵 A 和 B，则必有（　　）.

A. $A+B$ 可逆　　B. $|A|=|B|$

C. 两矩阵各自经过初等行变换可以变成另一个相同的矩阵

D. AB 可能没有逆矩阵

2. 求矩阵的秩.

(1) $\begin{pmatrix} 1 & -1 & 2 & 1 & 0 \\ 2 & -2 & 4 & 2 & 0 \\ 3 & 0 & 6 & -1 & 1 \\ 0 & 3 & 0 & 0 & 1 \end{pmatrix}$；(2) $\begin{pmatrix} a_1b_1 & a_1b_2 & \cdots & a_1b_n \\ a_2b_1 & a_2b_2 & \cdots & a_2b_n \\ \cdots & \cdots & \cdots & \cdots \\ a_nb_1 & a_nb_2 & \cdots & a_nb_n \end{pmatrix}$ $(a_i\neq 0,\ b_i\neq 0,\ i=1,\cdots,n)$.

3. 已知 $A=\begin{pmatrix} 1 & 1 & 0 & 0 \\ 1 & 0 & 1 & 1 \\ 0 & 1 & 1 & 1 \\ 0 & 0 & 1 & 1 \end{pmatrix}$，$B=\begin{pmatrix} 1 & 0 & 0 & 0 \\ 2 & 3 & 0 & 0 \\ -1 & 2 & 5 & 0 \\ 0 & -1 & 2 & 7 \end{pmatrix}$，求 $r(A)$ 和 $r(AB)$.

第八节　高 斯 消 元 法

一、主要内容

高斯消元法求解方程组

二、例题

【例】 解方程组 $\begin{cases} 2x_2-x_3=1 \\ x_1-x_2+x_3=0 \\ 2x_1+x_2-x_3=-2 \end{cases}$.

解　对增广矩阵 $(A\vdots b)$ 实行初等行变换，得到

$$\begin{pmatrix} 0 & 2 & -1 & \vdots & 1 \\ 1 & -1 & 1 & \vdots & 0 \\ 2 & 1 & -1 & \vdots & -2 \end{pmatrix} \to \begin{pmatrix} 1 & -1 & 1 & \vdots & 0 \\ 0 & 2 & -1 & \vdots & 1 \\ 0 & 3 & -3 & \vdots & -2 \end{pmatrix} \to \begin{pmatrix} 1 & -1 & 1 & \vdots & 0 \\ 0 & -1 & 2 & \vdots & 3 \\ 0 & 0 & 3 & \vdots & 7 \end{pmatrix} \to \begin{pmatrix} 1 & -1 & 1 & \vdots & 0 \\ 0 & 1 & -2 & \vdots & -3 \\ 0 & 0 & 1 & \vdots & \frac{7}{3} \end{pmatrix}$$

$$\rightarrow\begin{pmatrix}1 & -1 & 1 & \vdots & 0\\ 0 & 1 & 0 & \vdots & \frac{5}{3}\\ 0 & 0 & 1 & \vdots & \frac{7}{3}\end{pmatrix}\rightarrow\begin{pmatrix}1 & 0 & 0 & \vdots & -\frac{2}{3}\\ 0 & 1 & 0 & \vdots & \frac{5}{3}\\ 0 & 0 & 1 & \vdots & \frac{7}{3}\end{pmatrix}=(I\vdots c)$$

所以$\begin{cases}x_1=-\frac{2}{3}\\ x_2=\frac{5}{3}\\ x_3=\frac{7}{3}\end{cases}$

三、练习题

用高斯消元法解下列方程组.

(1) $\begin{cases}2x-y+3z+w=-6\\ x+2y+z-w=3\\ 3x+y-2z+5w=9\\ y+z-2w=0\end{cases}$;　　(2) $\begin{cases}5x_1+6x_2=1\\ x_1+5x_2+6x_3=-2\\ x_2+5x_3+6x_4=2\\ x_3+5x_4+6x_5=-2\\ x_4+5x_5=-4\end{cases}$.

第九节　一般线性方程组解的讨论

一、主要内容

通过系数矩阵与增广矩阵秩的关系判断线性方程组解的情况

$$\begin{cases}r(A)=r(\widetilde{A})=r，有解\begin{cases}r=n，唯一解\\ r<n，无穷解\end{cases}\\ r(A)<r(\widetilde{A})，无解\end{cases}$$

其中，n 为未知数的个数.

二、例题

【例 1】 解线性方程组$\begin{cases}x_1+x_2+x_3+x_4+x_5=7\\ 3x_1+2x_2+x_3+x_4-3x_5=-2\\ x_2+2x_3+2x_4+6x_5=23\\ 5x_1+4x_2+3x_3+3x_4-x_5=12\end{cases}$.

解 $\widetilde{A}=\begin{pmatrix}1 & 1 & 1 & 1 & 1 & 7\\ 3 & 2 & 1 & 1 & -3 & -2\\ 0 & 1 & 2 & 2 & 6 & 23\\ 5 & 4 & 3 & 3 & -1 & 12\end{pmatrix}\rightarrow\begin{pmatrix}1 & 1 & 1 & 1 & 1 & 7\\ 0 & -1 & -2 & -2 & -6 & -23\\ 0 & 1 & 2 & 2 & 6 & 23\\ 0 & -1 & -2 & -2 & -6 & -23\end{pmatrix}$

$$\rightarrow\begin{pmatrix}1&1&1&1&1&7\\0&1&2&2&6&23\\0&0&0&0&0&0\\0&0&0&0&0&0\end{pmatrix}=B$$

矩阵 B 相当于同解方程组$\begin{cases}x_1+x_2+x_3+x_4+x_5=7\\x_2+2x_3+2x_4+6x_5=23\end{cases}$，由于 5 个未知数仅有 2 个独立条件，故有 3 个自由变量. 这里我们选取 x_3、x_4、x_5 为自由变量，设 $x_3=a$，$x_4=b$，$x_5=c$，则 $x_2=23-2a-2b-6c$，$x_1=7-23+2a+2b+6c-a-b-c=-16+a+b+5c$. 所以方程组的解为

$$\begin{cases}x_1=-16+a+b+5c\\x_2=23-2a-2b-6c\\x_3=a\\x_4=b\\x_5=c\end{cases}$$

其中 a，b，c 为任意常数.

【例 2】 齐次线性方程组$\begin{cases}\lambda x+y+z=0\\x+\lambda y+z=0\\x+y+\lambda z=0\end{cases}$有非 0 解的充要条件是________.

解 $\begin{vmatrix}\lambda&1&1\\1&\lambda&1\\1&1&\lambda\end{vmatrix}=(\lambda-1)^2(\lambda+2)=0$，即 $\lambda=1$ 或 $\lambda=-2$.

三、练习题

1. 如果线性方程组$\begin{pmatrix}1&1&0&0\\0&1&1&0\\0&0&1&1\\1&0&0&1\end{pmatrix}\begin{pmatrix}x_1\\x_2\\x_3\\x_4\end{pmatrix}=\begin{pmatrix}-a_1\\a_2\\-a_3\\a_4\end{pmatrix}$有解，则常数 a_1、a_2、a_3、a_4 需要满足的条件是____________.

2. λ 取何值时，方程组$\begin{cases}2x_1+\lambda x_2-x_3=1\\\lambda x_1-x_2+x_3=2\\4x_1+5x_2-5x_3=-1\end{cases}$无解、有唯一解或有无穷解？并在有解的情况下求出方程的全部解.

3. 设$\begin{cases}x_1+3x_2+2x_3+x_4=1\\x_2+ax_3-ax_4=-1\\x_1+2x_2+3x_4=3\end{cases}$，问 a 为何值时方程组有解？并在有解时解出全部的解.

4. k、m 取何值时，方程组$\begin{cases}x_1+2x_2+3x_3=6\\2x_1+3x_2+x_3=-1\\x_1+x_2+kx_3=-7\\3x_1+5x_2+4x_3=m\end{cases}$有唯一解，并求解.

第十章　概 率 论 初 步

第一节　随　机　事　件

一、主要内容

1. 随机事件的概念　2. 基本事件与样本空间　3. 事件的关系与运算

二、例题

【例】 试用集合的形式表示下列随机事件，并分析它们的关系：

掷一颗骰子，观察点数，用 A="点数不超过 2"，B="点数不超过 3"，C="点数不小于 4"，D="掷得奇数点".

解　$A=\{1,2\}$，$B=\{1,2,3\}$，$C=\{4,5,6\}$，$D=\{1,3,5\}$

显然 $A\subset B$，$B=\overline{C}$，$AC=\Phi$

三、练习题

1. 某种圆柱形产品，要求它的长度及直径都符合规格才合格. 记 A="产品合格"，B="长度合格"，C="直径合格"，试述：(1) A 与 B、C 之间的关系；(2) $\overline{A}$ 与 $\overline{B}$、$\overline{C}$ 之间的关系.

2. 设 A、B、C 表示 3 个事件，用 A、B、C 表示下列事件：

(1) A 发生，B，C 都不发生；(2) A、B 都发生，C 不发生；(3) 3 个事件都发生；

(4) 3 个事件中至少有一个发生；(5) 3 个事件都不发生；(6) 至多一个事件发生；

(7) 至多两个事件发生；(8) 至少两个事件发生.

3. 向特定目标射击三枪，用 A_1、A_2、A_3 分别表示"第一枪，第二枪，第三枪"击中目标，试用 A_1、A_2、A_3 表示下列事件：

(1) 只击中第一枪；(2) 只击中一枪；(3) 三枪都没击中；(4) 至少击中一枪.

第二节 概率的统计定义和古典概型

一、主要内容

1. 概率的统计定义 2. 古典概型的概率 $P=\frac{m}{n}$

注意 古典概型的两个特征：(1) 基本事件的总数是有限的；(2) 每个基本事件的出现是等可能的.

二、例题

【例】 设有50张考号，分别编以1，2，…，50：(1) 任抽1张，求“抽到编号前10号”的概率；(2) 无放回的抽取两次，每次1张，求“抽到的两张编号都是前10号”的概率；(3) 无放回的抽取10次，每次1张，求“最后一次抽到的是双号”的概率.

解 (1) 设$A=$“抽到编号前10号”，则

$$P(A)=\frac{10}{50}=0.2$$

(2) 设$B=$“抽到的两张编号都是前10号”

$$P(B)=\frac{C_{10}^{2}}{C_{50}^{2}}=0.037$$

(3) 设$C=$“最后一次抽到的是双号”

$$P(C)=\frac{A_{49}^{9}A_{25}^{1}}{A_{50}^{10}}=0.2$$

三、练习题

1. 一批产品由37件正品，3件次品组成，现从中任取3件，试求：(1) 3件中恰有一件次品的概率；(2) 3件全是次品的概率；(3) 3件全是正品的概率；(4) 3件中至少有1件次品的概率.

2. 在0、1、2、…、9这10个数字中，任取4个不同数字组成一个4位数，求组成的数字是偶数的概率.

3. 甲、乙两人参加知识竞答，共有10道题，其中选择题6个，判断题4个，甲、乙两人依次各抽一题，试求：(1) 甲抽到选择题，乙抽到判断题的概率；(2) 甲、乙两人中至少有一人抽到选择题的概率.

4. 有 7 种不同的包装方式可供选择，现有 5 种不同的商品，各要选一种包装方式，求恰好选中 5 种不同的包装方式的概率.

第三节　概率的加法公式

一、主要内容

1. 对于任意两个事件 A 与 B，有 $P(A+B)=P(A)+P(B)-P(AB)$

2. 事件 A 与 B 互不相容时，$P(A+B)=P(A)+P(B)$，特别地，$P(\overline{A})=1-P(A)$

二、例题

【例 1】 一个班级 45 个同学，求他们当中至少有两人同生日的概率.

解 因为每个人在一年（365 天）中每一天出生是等可能的，而 45 个同学的生日都不相同的情形有 A_{365}^{45} 种. 所以，45 个同学中至少有两人同生日的概率为

$$P(A)=1-P(\overline{A})=1-\frac{A_{365}^{45}}{365^{45}}\approx 0.94$$

【例 2】 根据气象资料，一年中甲地下雨的概率为 20%，乙地下雨的概率为 18%，两地同时下雨的概率为 12%，求这一年中至少有一地下雨的概率.

解 设 $A=$“甲地下雨”，$B=$“乙地下雨”，则

$$P(A+B)=P(A)+P(B)-P(AB)=20\%+18\%-12\%=0.26$$

三、练习题

1. 某射手向靶子射击，规定击中 9 环或 10 环为优秀，已知他击中 9 环的概率为 0.32，击中 10 环的概率为 0.26，求该射手成绩为优秀的概率.

2. 某市有 50%的住户订日报，65%的住户订晚报，有 90%的住户至少订其中一种报纸，试求：同时订这两种报纸的住户的百分比.

3. 10 个外观一样的灯泡中有 3 个次品，现从中任取 4 个，求至少有 2 个次品的概率.

第四节　条件概率和概率的乘法公式

一、主要内容

1. 条件概率：已知事件 B 发生的情况下，事件 A 发生的概率为 $P(A \mid B)=\dfrac{P(AB)}{P(B)}$

2. 乘法公式：$P(AB)=P(B)P(A \mid B)=P(A)P(B \mid A)$

3. 全概率公式：$P(A)=\sum\limits_{i=1}^{n}P(H_i)P(A \mid H_i)$

二、例题

【例 1】 袋中有 5 个球，3 个红球，2 个白球，无放回抽取两次，每次一个，试求：(1) 第二次取到红球的概率；(2) 已知第一次取得红球，求第二次取到红球的概率.

解 设 $A=$“第一次取得红球”，$B=$“第二次取得红球”

(1) $P(B)=\dfrac{A_4^1A_3^1}{A_5^2}=0.6$　(2) $P(B \mid A)=\dfrac{2}{4}=0.5$

【例 2】 5 个人依次抓阄，其中只有一个有阄，问第二个人抓到的概率

解 设 $A_i=$“第 i 个人抓到”，则

$$P(A_2)=P(\overline{A_1}A_2)=P(\overline{A_1})P(A_2 \mid \overline{A_1})=\frac{4}{5}\cdot\frac{1}{4}=\frac{1}{5}$$

三、练习题

1. 某种动物从出生活到 20 岁的概率是 0.8，活到 25 岁的概率是 0.4，试求：现年 20 岁的这种动物活到 25 岁的概率.

2. 某种零件共 100 个，其中次品 10 个，每次从中取一个，取后不放回，求第三次才取得正品的概率.

3. 甲袋中有 5 个红球，4 个白球，乙袋中有 4 个红球，3 个白球，先从甲袋中任取一个球放入乙袋中，再从乙袋中任取一球，试求：取出的是红球的概率.

4. 某公司有3个厂生产同一种产品，每个厂的产量分别占公司的比例为25%、35%、40%，而次品率分别是4%、3%、3%，试求：(1) 公司的次品率；(2) 已知抽检的一件产品是次品，求它来自哪个厂的可能性最大.

第五节　事件的独立性

一、主要内容

1. 独立事件的条件：$P(AB)=P(A)P(B)$

2. n 次重复独立试验：$P(A)=C_n^k p^k q^{n-k}$　$(k=0, 1, 2, \cdots, n)$

二、例题

【例1】 两人独立的破译一份密码，已知他俩能译出的概率分别是0.5、0.52，问密码能破译的概率是多少？

解　设 A_i 表示“第 i 个人译出密码”，则密码能破译的概率为

$$P(A_1 \cup A_2)=P(A_1)+P(A_2)-P(A_1A_2)$$
$$=P(A_1)+P(A_2)-P(A_1)P(A_2)=0.5+0.52-0.5\times 0.52=0.76$$

【例2】 已知100个产品中有5个次品，现从中任取1个，有放回的取3次，求所取3次中恰有2个次品的概率.

解　依题意，这是 n 次重复独立试验，每次取到次品的概率为0.05，于是，所取3次中恰有2个次品的概率为

$$P=C_3^2 0.05^2 \cdot (1-0.05)\approx 0.007\,125$$

三、练习题

1. 一门大炮发射一发炮弹命中目标的概率是0.6，至少命中两发才可摧毁目标，现连续发射4发，求目标被摧毁的概率.

2. 一个电路由 A、B 两个元件并联后，再与元件 C 串联而成，元件 A、B、C 损坏的概率分别是0.2、0.2、0.3，求电路发生故障的概率.

3. 某商店进货1000瓶矿泉水，每瓶水在运输过程中损坏的概率是0.003，求在这1000瓶矿泉水中（1）恰有2瓶损坏的概率；（2）超过2瓶损坏的概率.

4. 一大楼内有5个同类型的某种设备，根据经验在某段时间每个设备被使用的概率是0.1，试求在这段时间（1）恰有2个设备被使用的概率；（2）至少有1个设备被使用的概率.

第六节 随机变量及其概率分布

一、主要内容

1. 随机变量的概念　　2. 离散型随机变量的分布列

3. 连续型随机变量的密度函数和分布函数

二、例题

【例1】 从有7件正品和3件次品的产品中，采用不放回的方式一件一件抽取，直到取得正品为止，求所需次数的分布列

解

X	1	2	3	4
p	$\frac{7}{10}$	$\frac{7}{30}$	$\frac{7}{120}$	$\frac{1}{120}$

【例2】 设一批零件的长度 X(cm) 服从正态分布 $N(20, 0.2^2)$，现从中任取一件，试求：(1) 误差不超过0.3cm的概率是多少？(2) 能以0.95的概率保证零件的误差不超过多少？

解 因为 $X \sim N(20, 0.2^2)$，所以 $\frac{X-20}{0.2} \sim N(0, 1)$

(1) $P(|X-20| \leqslant 0.3) = P\left(\left|\frac{X-20}{0.2}\right| \leqslant \frac{0.3}{0.2}\right) = P\left(\left|\frac{X-20}{0.2}\right| \leqslant 1.5\right)$

$= 2\Phi(1.5) - 1 = 0.8664$

(2) 依题意，求 ε，使 $P(|X-20| \leqslant \varepsilon) = 0.95$

因为 $P(|X-20| \leqslant \varepsilon) = P\left(\left|\frac{X-20}{0.2}\right| \leqslant \frac{\varepsilon}{0.2}\right) = 2\Phi\left(\frac{\varepsilon}{0.2}\right) - 1$

所以 $2\Phi\left(\frac{\varepsilon}{0.2}\right) - 1 = 0.95$　得 $\varepsilon = 0.392$

三、练习题

1. 设随机变量 X 的分布列为 $P\{X=k\}=\dfrac{2A}{n}(k=1,2,\cdots,n)$，试求常数 A.

2. 一个袋中装有 3 个白球 5 个红球，从中任取 2 个球，求取得红球数的分布列.

3. 某连续型随机变量 X 的密度函数为 $f(x)=\begin{cases}a\cos x, & -\dfrac{\pi}{2}<x<\dfrac{\pi}{2}\\ 0, & \text{其他}\end{cases}$，试求：(1) 系数 a；(2) 随机变量 X 落在区间 $\left(0,\ \dfrac{\pi}{4}\right)$ 内的概率.

4. 一工厂生产的晶体管的寿命服从 $N(160,\sigma^2)$，若要求 $P\{120<X\leqslant 200\}\geqslant 0.8$，求允许 σ 最大是多少?

5. 某班学生一次数学考试成绩 $X\sim N(70,10^2)$，若成绩低于 60 为“不及格”，高于 85 为“优秀”，试求：(1) 成绩为“优秀”的占该班人数多少?(2) 成绩“不及格”的占该班人数多少?

第七节　随机变量的数字特征

一、主要内容

1. 数学期望 (1) 离散型 $E\xi=\sum\limits_{k=1}^{\infty}x_k p_k$；(2) 连续型 $E\xi=\int_{-\infty}^{+\infty}xf(x)\mathrm{d}x$.

2. 方差 (1) 离散型 $D\xi=\sum\limits_{k=1}^{\infty}(x_k-E\xi)^2 p_k$；(2) 连续型 $E\xi=\int_{-\infty}^{+\infty}(x-E\xi)^2 f(x)\mathrm{d}x$.

二、例题

【例】 某电子元件的寿命服从参数 $\lambda=0.001$ 的指数分布，即

$$f(x)=\begin{cases}\lambda e^{-\lambda x}, & x\geqslant 0\\ 0, & x<0\end{cases}$$

试求：这类电子元件的平均寿命 $E\xi$.

解 $E\xi=\int_{-\infty}^{+\infty}xf(x)\mathrm{d}x=\int_{0}^{+\infty}x\lambda e^{-\lambda x}=\frac{1}{\lambda}$

所以 $E\xi=\frac{1}{0.001}=1000$

故这类电子元件的平均寿命为 1000h.

三、练习题

1. 设随机变量的概率密度为 $f(x)=\begin{cases}a+bx, & 0<x<1\\ 0, & x\leqslant 0,x\geqslant 1\end{cases}$ 且 $E\xi=0.6$，试求：(1) 常数 a，b；(2) $D\xi$.

2. 设随机变量的分布列为

X	-2	0	2
p	0.4	0.3	0.3

试求：$E\xi$，$E\xi^2$，E $(2\xi-1)$.

3. 设随机变量的概率密度为 $f(x)=\begin{cases}\frac{1}{4}xe^{-\frac{x}{2}}, & x\geqslant 0\\ 0, & x<0\end{cases}$，求 $E\xi$.

4. 设随机变量的概率密度为 $f(x)=\begin{cases}Ax^2(x-1)^2, & 0\leqslant x\leqslant 2\\ 0, & \text{其他}\end{cases}$，试求：(1) 常数 A；(2) $E\xi$，$D\xi$.

第十一章　相 量 与 复 数

第一节　平面相量的概念

一、主要内容

1. 相量的概念　2. 平行相量、相等相量、单位相量、零相量　3. 相量的坐标表示　4. 相量用坐标表示的运算

二、例题

【例】 求起点为 A（3，−1），终点为 B（2，3）的相量的分量表示和坐标表示.

解　$\overrightarrow{AB}$的分量表示为

$$\overrightarrow{AB}=(2-3)\boldsymbol{i}+[3-(-1)\boldsymbol{j}]=-\boldsymbol{i}+4\boldsymbol{j}$$

$\overrightarrow{AB}$的坐标表示为

$$\overrightarrow{AB}=(-1,4)$$

三、练习题

1. 填空题

（1）相量 $\boldsymbol{i}$ 的坐标是____________________.

（2）相量 $\boldsymbol{j}$ 的坐标是____________________.

（3）零相量 0 的坐标是____________________.

（4）相量 $\boldsymbol{A}$=（−1，2）的模是____________________.

2. 单项选择题

（1）对于相量，下列说法正确的是（　　）.

A. 相量只有大小　　B. 相量没有方向

C. 相量既有大小又有方向　　D. 相量可以比较大小

（2）下列说法正确的是（　　）.

A. 平行相量的方向相同　　B. 平行相量的方向不同

C. 相反相量的大小不等　　D. 零相量与任何相量平行

3. 已知相量 $\boldsymbol{a}$=（2，−3），$\boldsymbol{b}$=（2，1），求 $\boldsymbol{a}+\boldsymbol{b}$、$\boldsymbol{a}-\boldsymbol{b}$、$2\boldsymbol{a}+\boldsymbol{b}$.

4. 已知两点 A、B 的坐标，求$\overrightarrow{AB}$、$\overrightarrow{BA}$的坐标及分量表示.

（1）A（3，4）、B（1，2）；　　（2）A（0，2）、B（0，3）；

(3) A (2, 0)、B (4, 0); (4) A (−2, 4)、B (3, 2).

第二节 相量的线性运算

一、主要内容

1. 相量的加、减法 2. 数与相量的乘法

二、例题

【例 1】 如图 11 - 1 所示，已知两个相量 $\boldsymbol{a}$、$\boldsymbol{b}$，求相量的差 $\boldsymbol{a}-\boldsymbol{b}$.

解 方法一 作$\overrightarrow{OA}=\boldsymbol{a}$，$\overrightarrow{OB}=\boldsymbol{b}$（即将 $\boldsymbol{a}$ 与 $\boldsymbol{b}$ 的起点放在一起），则 $\boldsymbol{a}-\boldsymbol{b}=\overrightarrow{BA}$.

方法二 作$\overrightarrow{OA}=\boldsymbol{a}$，$\overrightarrow{AC}=-\boldsymbol{b}$，则 $\boldsymbol{a}-\boldsymbol{b}=\overrightarrow{OC}$.

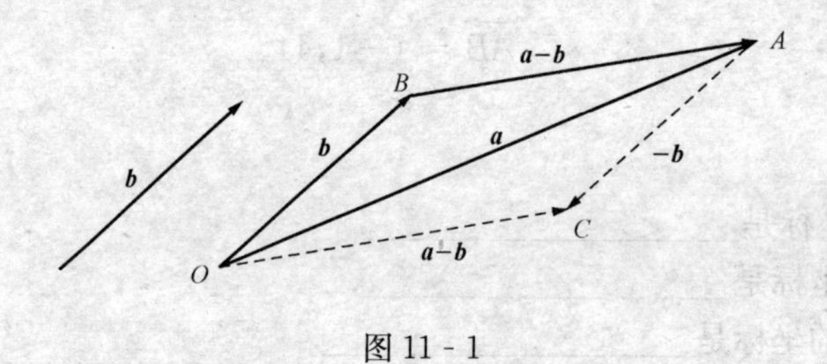

图 11 - 1

【例 2】 如图 11 - 2 所示，设$\overrightarrow{AB}=\boldsymbol{a}$，$\overrightarrow{AD}=\boldsymbol{b}$，试用 $\boldsymbol{a}$、$\boldsymbol{b}$ 表示$\overrightarrow{MA}$、$\overrightarrow{MB}$、$\overrightarrow{MC}$、$\overrightarrow{MD}$.

解 因为 $\overrightarrow{AC}=\overrightarrow{AB}+\overrightarrow{AD}=\boldsymbol{a}+\boldsymbol{b}$

所以 $\overrightarrow{MA}=-\frac{1}{2}\overrightarrow{AC}=-\frac{1}{2}(\boldsymbol{a}+\boldsymbol{b})$ $\overrightarrow{MC}=\frac{1}{2}\overrightarrow{AC}=\frac{1}{2}(\boldsymbol{a}+\boldsymbol{b})$

又因为 $\overrightarrow{BD}=\overrightarrow{AD}-\overrightarrow{AB}=\boldsymbol{b}-\boldsymbol{a}$

所以 $\overrightarrow{MB}=-\frac{1}{2}\overrightarrow{BD}=-\frac{1}{2}(\boldsymbol{b}-\boldsymbol{a})=\frac{1}{2}(\boldsymbol{a}-\boldsymbol{b})$

$\overrightarrow{MD}=\frac{1}{2}\overrightarrow{BD}=\frac{1}{2}(\boldsymbol{b}-\boldsymbol{a})$.

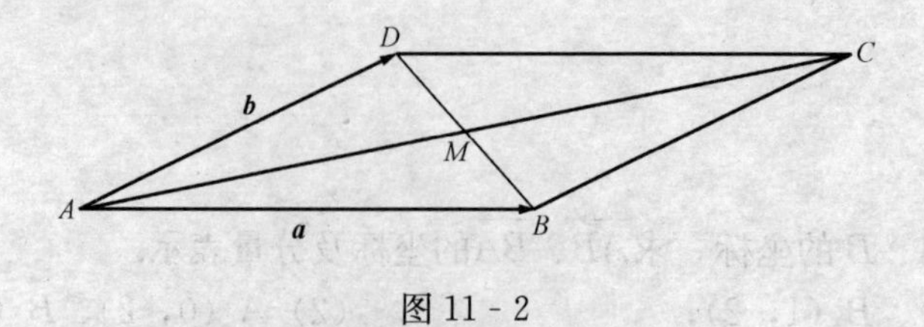

图 11 - 2

三、练习题

如图 11 - 3 所示，已知两个相量 $\boldsymbol{a}$、$\boldsymbol{b}$，求相量 $\boldsymbol{a}+\boldsymbol{b}$、$\boldsymbol{a}-\boldsymbol{b}$.

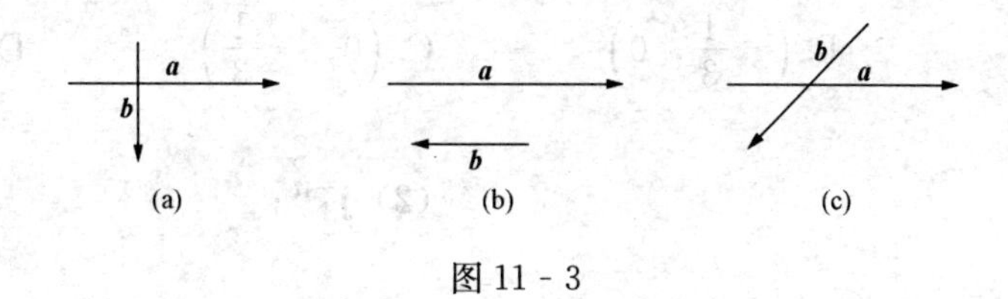

图 11 - 3

第三节 复数的概念

一、主要内容

1. 复数的概念 2. 复数的几何表示

二、例题

【例】 计算 $\mathbf{j}^{-54}$.

解 因为 $-54=4\times(-14)+2$，所以 $\mathbf{j}^{-54}=\mathbf{j}^{4\times(-14)+2}=\mathbf{j}^2=-1$.

三、练习题

1. 填空题

(1) 复数 $2-3\mathbf{j}$ 的实部是________，虚部是________.

(2) 复数 $-3\mathbf{j}^2$ 的实部是________，虚部是________.

(3) 若复数 $2-3\mathbf{j}=4a+b\mathbf{j}$，则 $a=$________，$b=$________.

(4) 如果复数 $(1-2x)+(3+y)\mathbf{j}$(x、y 都是实数) 是纯虚数，则 $x=$________，$y=$________.

(5) 复数 $1-2\mathbf{j}$ 在复平面上对应的点是______________.

(6) 复数 $-2\mathbf{j}$ 的共轭复数是______________.

(7) 复数 -3 主复角是________，模是________.

2. 单项选择题

(1) 下列数中的虚数是（　　）.

A. $5-2\mathbf{j}^2$　　B. $0\mathbf{j}$　　C. $3+\mathbf{j}$　　D. $2-3\mathbf{j}^4$

(2) $2+\sqrt{5}\mathbf{j}$ 的共轭复数是（　　）.

A. $-2+\sqrt{5}\mathbf{j}$　　B. $-2-\sqrt{5}\mathbf{j}$　　C. $2-\sqrt{5}\mathbf{j}$　　D. $-\sqrt{5}+2\mathbf{j}$

(3) 复数 $z=a+b\mathbf{j}$(a、b 不全为 0) 的辐角（　　）.

A. 只有一个值　　B. 只有一个主值

C. 只能是正值　　D. 只能是负值

(4) 复平面上的点（1，-2）所对应的复数（　　）.

A. $1+2\mathbf{j}$　　B. $1-2\mathbf{j}$　　C. $-2-\mathbf{j}$　　D. $-2+\mathbf{j}$

(5) 复数 $-\dfrac{1}{3}\mathbf{j}$ 所对应的点坐标为（　　）.

A. $\left(-\frac{1}{3}, 1\right)$　　B. $\left(-\frac{1}{3}, 0\right)$　　C. $\left(0, -\frac{1}{3}\right)$　　D. $\left(1, -\frac{1}{3}\right)$

3. 计算题

(1) $\mathbf{j}^{2010}$；　　(2) $\mathbf{j}^{-47}$；

(3) $2\mathbf{j}^{3}\cdot(-3\mathbf{j}^{15})\cdot\mathbf{j}^{27}$；　　(4) $\mathbf{j}^{9}+\mathbf{j}^{-13}+\mathbf{j}^{17}+\mathbf{j}^{23}$.

4. 求满足下列方程的实数 x 和 y.

(1) $(6+3x)+(-8+4y)\mathbf{j}=0$；　　(2) $(x+y)+xy\mathbf{j}=2-3\mathbf{j}$.

5. 在复平面内作出下列复数及其共轭复数所对应的相量.

(1) $z=2-3\mathbf{j}$；　　(2) $z=-1+\mathbf{j}$；

(3) $z=2$；　　(4) $z=-3\mathbf{j}$.

第四节　复数的三种表示法

一、主要内容

1. 复数的代数形式　2. 复数的三角形式　3. 复数的指数形式

二、例题

【例 1】 将复数$\sqrt{3}-\mathbf{j}$ 表示成三角形式和代数形式.

解　因为 $a=\sqrt{3}$，$b=-1$，所以

$$r=\sqrt{(\sqrt{3})^2+(-1)^2}=2, \arg(\sqrt{3}-\mathbf{j})=-\frac{\pi}{6}$$

即 $\sqrt{3}-\mathbf{j}=2\left(\cos\frac{\pi}{6}-\mathbf{j}\sin\frac{\pi}{6}\right)=2e^{-\mathbf{j}\frac{\pi}{6}}$

【例 2】 将复数$\sqrt{3}e^{\mathbf{j}\frac{2\pi}{3}}$化为三角形式和代数形式.

解 $\sqrt{3}e^{\mathbf{j}\frac{2\pi}{3}}=\sqrt{3}\left(\cos\frac{2\pi}{3}+\mathbf{j}\sin\frac{2\pi}{3}\right)=\sqrt{3}\left(-\frac{1}{2}+\mathbf{j}\frac{\sqrt{3}}{2}\right)=-\frac{\sqrt{3}}{2}+\mathbf{j}\frac{3}{2}$

三、练习题

1. 填空题

(1) 复数 $3e^{\mathbf{j}\frac{2\pi}{5}}$的模是________，辐角主值是________.

(2) 复数$-\sqrt{3}+\mathbf{j}$ 的指数形式为________，三角形式为________.

(3) 复数 $2\left(\cos\frac{\pi}{2}+\mathbf{j}\sin\frac{\pi}{2}\right)$的代数形式为________________.

2. 单项选择题

(1) 下列复数中是三角形式的复数是（　　）.

A. $\frac{1}{2}\left(\sin\frac{\pi}{4}+\mathbf{j}\cos\frac{\pi}{4}\right)$　　B. $-\frac{1}{2}\left(\cos\frac{3\pi}{4}+\mathbf{j}\sin\frac{3\pi}{4}\right)$

C. $2\left(\cos\frac{\pi}{3}+\mathbf{j}\sin\frac{\pi}{3}\right)$　　D. $\cos\frac{7\pi}{5}+\mathbf{j}\sin\frac{7\pi}{5}$

(2) 复数 $\sin 50°-\mathbf{j}\cos 50°$的模是（　　）.

A. $\frac{1}{4}$　　B. $\frac{\sqrt{2}}{2}$　　C. $\frac{\sqrt{3}}{2}$　　D. 1

(3) 复数 $\sin 50°-\mathbf{j}\cos 50°$ 的辐角主值是（　　）.

A. 50°　　B. 40°　　C. 130°　　D. 320°

3. 把下列复数表示成三角形式：

(1) 3；　　(2) -4；

(3) $2\mathbf{j}$；　　(4) $-\mathbf{j}$；

(5) $-2+2\mathbf{j}$；　　(6) $-1-\sqrt{3}\mathbf{j}$.

4. 把下列复数表示成代数形式.

(1) $5\left(\cos\frac{\pi}{3}+\mathbf{j}\sin\frac{\pi}{3}\right)$；　　(2) $\sqrt{3}\left(\cos\frac{11\pi}{4}+\mathbf{j}\sin\frac{11\pi}{4}\right)$.

5. 把下列复数化为指数形式.

(1) $-1+\mathbf{j}$；　　(2) $1-\sqrt{3}\mathbf{j}$；

(3) $\sqrt{2}\left(\cos\frac{\pi}{6}+\mathbf{j}\sin\frac{\pi}{6}\right)$.

6. 把下列复数化为代数形式.

(1) $2\sqrt{3}e^{\mathbf{j}\frac{\pi}{4}}$；　　(2) $2e^{-\mathbf{j}\frac{2\pi}{3}}$.

第五节 复数的四则运算

一、主要内容

1. 代数形式的四则运算　2. 三角形式的乘除法　3. 指数形式的乘除法

4. 复数的乘方

二、例题

【例 1】 计算 $\dfrac{1+\mathbf{j}}{\sqrt{3}\left(\cos\frac{3\pi}{4}+\sin\frac{3\pi}{4}\right)}$.

解 因为 $1+\mathbf{j}=\sqrt{2}\left(\frac{\sqrt{2}}{2}+\mathbf{j}\frac{\sqrt{2}}{2}\right)=\sqrt{2}\left(\cos\frac{\pi}{4}+\mathbf{j}\sin\frac{\pi}{4}\right)$

所以　原式$=\dfrac{\sqrt{2}\left(\cos\frac{\pi}{4}+\mathbf{j}\sin\frac{\pi}{4}\right)}{\sqrt{3}\left(\cos\frac{3\pi}{4}+\mathbf{j}\sin\frac{3\pi}{4}\right)}=\dfrac{\sqrt{2}}{\sqrt{3}}\left[\cos\left(\frac{\pi}{4}-\frac{3\pi}{4}\right)+\mathbf{j}\sin\left(\frac{\pi}{4}-\frac{3\pi}{4}\right)\right]$

$$=\frac{\sqrt{6}}{3}\left[\cos\left(-\frac{\pi}{2}\right)+\mathbf{j}\sin\left(-\frac{\pi}{2}\right)\right]=-\frac{\sqrt{6}}{3}\mathbf{j}.$$

【例 2】 已知：复数 $z_1=3e^{\mathbf{j}\frac{\pi}{6}}$，$z_2=\sqrt{2}e^{\mathbf{j}\frac{\pi}{4}}$，求 $z_1z_2,\frac{z_1}{z_2},(z_1z_2)^4$.

解 $z_1\cdot z_2=(3e^{\mathbf{j}\frac{\pi}{6}})(\sqrt{2}e^{\mathbf{j}\frac{\pi}{4}})=3\sqrt{2}e^{\mathbf{j}(\frac{\pi}{6}+\frac{\pi}{4})}=3\sqrt{2}e^{\mathbf{j}\frac{5\pi}{12}}$

$$\frac{z_1}{z_2}=\frac{3e^{\mathbf{j}\frac{\pi}{6}}}{\sqrt{2}e^{\mathbf{j}\frac{\pi}{4}}}=\frac{3}{\sqrt{2}}e^{\mathbf{j}(\frac{\pi}{6}-\frac{\pi}{4})}=\frac{3\sqrt{2}}{2}e^{-\mathbf{j}\frac{\pi}{12}}$$

$$(z_1\cdot z_2)^4=(3\sqrt{2}e^{\mathbf{j}\frac{5\pi}{12}})^4=(3\sqrt{2})^4e^{\mathbf{j}\frac{5\pi}{12}\times 4}=324e^{\mathbf{j}\frac{5\pi}{3}}.$$

三、练习题

1. 填空题

（1）复数 $z=(2+3\mathbf{j})-(-1+5\mathbf{j})$ 的实部为________，虚部为________，模为________.

（2）一对共轭复数的和为________________，差为________________.

（3）若 $z=(y-3x\mathbf{j})+(x+2y\mathbf{j})-(5-5\mathbf{j})=0$，则实数 $x=$____________，$y=$____________.

（4）一对共轭复数的乘积为________.

（5）复数 $z=4-3\mathbf{j}$ 的倒数为________.

2. 单项选择题

（1）复数 $a+b\mathbf{j}(a,b\in\boldsymbol{R})$ 的平方是一个实数的条件等价于（　　）.

A. $a=0$，$b\neq0$　　B. $a\neq0$，$b=0$

C. $a=b=0$　　D. $ab=0$

（2）复数 $a+b\mathbf{j}(a,b\in\boldsymbol{R})$ 的平方是纯虚数的条件等价于（　　）.

A. $a^2+b^2=0$　　B. $|a|=|b|\neq0$

C. $a^2=b^2$　　D. $a=b\neq0$

（3）$(1-\mathbf{j})^{10}-(1+\mathbf{j})^{10}$ 等于（　　）.

A. $-64\mathbf{j}$　　B. $-32\mathbf{j}$　　C. -32　　D. -64

（4）当 n 是偶数时，$\left(\frac{1-\mathbf{j}}{1+\mathbf{j}}\right)^{2n}+\left(\frac{1+\mathbf{j}}{1-\mathbf{j}}\right)^{2n}=$（　　）.

A. 2　　B. -2　　C. 0　　D. 2 或 -2

3. 计算下列各式.

（1）$(2+3\mathbf{j})+(1+2\mathbf{j})$；　　（2）$(3+5\mathbf{j})-(3-2\mathbf{j})$；

（3）$(2-\mathbf{j})(3+2\mathbf{j})$；　　（4）$(4-3\mathbf{j})2\mathbf{j}$；

(5) $\frac{2+\mathbf{j}}{1-\mathbf{j}}$； (6) $\frac{2}{\sqrt{2}\mathbf{j}}$.

4. 计算下列各式.

(1) $2(\cos18^\circ+\mathbf{j}\sin18^\circ)\times3(\cos54^\circ+\mathbf{j}\sin54^\circ)\times4(\cos108^\circ+\mathbf{j}\sin108^\circ)$；

(2) $[2(\cos18^\circ+\mathbf{j}\sin18^\circ)]^5$； (3) $(-1-\mathbf{j})^6$；

(4) $\frac{4\left(\cos\frac{\pi}{3}+\mathbf{j}\sin\frac{\pi}{3}\right)}{2\left(\cos\frac{\pi}{6}+\mathbf{j}\sin\frac{\pi}{6}\right)}$； (5) $\frac{-\mathbf{j}}{\sqrt{2}(\cos120^\circ+\mathbf{j}\sin120^\circ)}$.

5. 计算下列各式.

(1) $2e^{\mathbf{j}\frac{\pi}{12}}\cdot\sqrt{3}e^{-\mathbf{j}\frac{\pi}{6}}$； (2) $\sqrt{2}e^{\mathbf{j}\frac{\pi}{3}}\cdot5e^{\mathbf{j}\frac{\pi}{2}}$；

(3) $\frac{2\sqrt{3}e^{-\mathbf{j}\frac{\pi}{4}}}{\sqrt{3}e^{-\mathbf{j}\frac{\pi}{3}}}$； (4) $\frac{1}{4e^{\mathbf{j}\pi}}$.

参 考 文 献

[1] 张明智. 高等数学 [M]. 2版. 北京：中国电力出版社，2008.
[2] 同济大学数学教研室. 高等数学 [M]. 3版. 北京：高等教育出版社，1988.
[3] 常柏林. 概率与数理统计 [M]. 北京：高等教育出版社，1993.